镜与灯

——通向文艺的途中

刘广远　著

东北大学出版社

·沈　阳·

ⓒ 刘广远 2023

图书在版编目（CIP）数据

镜与灯：通向文艺的途中 / 刘广远著． — 沈阳：
东北大学出版社，2023.9
ISBN 978-7-5517-3378-6

Ⅰ．①镜… Ⅱ．①刘… Ⅲ．①中国文学—近代文学—
文学研究②中国文学—现代文学—文学研究 Ⅳ.
①I206.5②I206.6

中国国家版本馆 CIP 数据核字（2023）第 191469 号

出 版 者：东北大学出版社
　　　　　地址：沈阳市和平区文化路三号巷 11 号
　　　　　邮编：110819
　　　　　电话：024-83680182（总编室）　83687331（营销部）
　　　　　传真：024-83680182（总编室）　83680180（营销部）
　　　　　网址：http：// www.neupress.com
　　　　　E-mail: neuph@neupress.com
印 刷 者：沈阳市第二市政建设工程公司印刷厂
发 行 者：东北大学出版社
幅面尺寸：145 mm×210 mm
印　　张：7.125
字　　数：210千字
出版时间：2023年9月第1版
印刷时间：2023年9月第1次印刷
策划编辑：汪子珺
责任编辑：郎　坤
责任校对：汪子珺
封面设计：潘正一

ISBN 978-7-5517-3378-6　　　　　定　价：48.00元

前　言

　　从晚清到民国，从九一八到全民族抗战，从"东北作家群"到现在的东北文学，文学思潮风起云涌、波澜起伏，每一个时间点、每一段文学史或者艺术史，都值得关注和思考。具体到诸多时代的个体书写者：现代，从鲁迅到张爱玲、从冰心到沈从文，都风骨盎然、独树一帜；当代，从莫言、贾平凹到余华、范小青等，也都是风格卓立、各有千秋。

　　本书目的是梳理作者大约十年的学术思考和观察，这是一个比较长的时段。本书主要内容是对中国现当代文学史不同阶段思潮的把握和思索，当然并不是全面的考察，而是局部的、选择式的观察和思考，同时对一些作家、学者的作品进行考察。虽是片段式、节选式的，但作者的思考却是一个阶段一个阶段的不断发展和前进。

　　简而言之，言不尽意。

　　每一个时代都记录着历史，每一本书也都书写着历史。本书在出版过程中，得到诸多帮助和鼓励，得到各个项目的支撑和支持，更得到"东北大学引进人才项目"的大力支持！

在此需要标明。

本书为——

国家社会科学基金重大项目"九一八国难文学文献集成与研究"（14ZDB081）阶段性成果之一；

辽宁省哲学社会科学项目"抗战纪实文学（1931—1945）文献集成与研究"（L21BZW004）阶段性成果之一；

2023年度沈阳市社会科学立项课题"九一八纪实文学研究"（SYSK-2023-JD-39）阶段性成果之一。

2023年5月

刘广远

目 录

上部　烛光微火：文艺与时代

下部　众生之境：文学与作家

附录

上部

烛光微火：文艺与时代

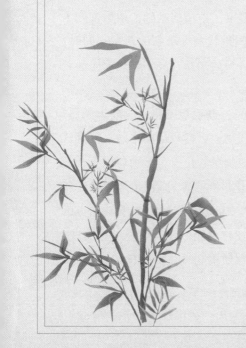

晚清到民国
——报刊媒体的演进与新文化运动

清末民初的文学思想流变与辛亥革命的发生是一个相辅相成的过程。白话文的生成、文学的演进与报纸杂志的发展相结合，革命思想以新文学的形式通过报纸杂志进行传播、引导，社会各阶层人士最终形成松散的合力，奠定了革命的基础，最后推翻了落后腐朽的封建制度，开辟了中国近代制度革新的篇章；同时，为新文化运动的兴起播下了火种，为后来新式文学遍地燎原起到张目之作用。

晚清文化思想的变化早露端倪，报纸杂志的反应最为激烈、影响最为广泛。数量巨大的媒体刊物，以春风化雨之妙，恰翻江倒海之势，或深或浅、或重或轻地刺激着政府，激励着志士，鼓动着民众。如从中国人自办的近代化报纸推演，应以伍廷芳1858年于香港创办的《中外新报》为起始。19世纪下半叶，中国人自办的报纸大量涌现。按陈平原统计，"1815年至1861年，总共才出现8种中文报刊，而1902年统计全国存佚报刊时，则列有124种"，①

①陈平原. 中国现代小说的起点：清末民初小说研究［M］. 北京：北京大学出版社，2005：67.

这个数字足够震撼，如果每种报刊印刷数量达到400份，按当时人口计算，足够通达民众，开启民智。"进入20世纪初年，大众传播机构在数量上大为增加，据统计，辛亥革命前十年全国各地创办的报刊至少500余家。……据统计，仅《新闻报》1903年的发行量即已达1万余份，仅商务印书馆1902—1911年间出版图书就有1001种。"①而最振奋民心、激发民智的是白话报刊的诞生，从1876年《申报》发行的白话文副刊《民报》开始，"清末最后约十年时间，出现过约140份白话报和杂志，这是一个很可观的数字"。②白话报纸杂志除了少数为上层官员和政府幕僚提供宣传空间、舆论空间，更多的则成为下层民众学习、沟通、了解外界、掌握信息的载体。哈贝马斯认为，市民社会中的公共领域是由谈天的空间、舆论的空间和印刷媒体的空间构成，而公共领域的形成关键在于印刷媒体，印刷媒体包括报纸和小说。公共领域泛指社会文化和政治言论两个层面的公共空间，在这个大的空间里面还存在着一个"平民公共领域"，"平民公共领域的产生，标志着小市民和下层市民生活历史的一个特殊阶段"。③报纸杂志进入平民的生活中，不再仅仅是上层阅读、交流的信息载体，这是清末、民初重要的一种现象。更多时间生存于市井街巷之中的白话报刊，与中国近代的政治、社会、文化发展形成血肉联系，对促进辛亥革命的发生和清王朝的覆灭都有着重要的作用。

其时其势，报纸杂志如雨后春笋，启蒙思想、扣动人心，革

---

① 庄俞，贺圣鼐. 最近三十五年中国之教育 [M]. 上海：商务印书馆，1931：273；方汉奇. 中国新闻事业通史：第1卷 [M]. 北京：中国人民大学出版社，1992：987；汪林茂. 晚清文化史 [M]. 北京：人民出版社，2005：499.

② 陈万雄. 五四新文化的源流 [M]. 北京：生活·读书·新知三联书店，1997：134.

③ 李楠. 晚清民国时期上海小报 [M]. 北京：人民文学出版社，2006：152.

命言论迅速传播。无论是力主革命还是主张立宪的有志之士，都已经充分认识到报刊的宣传与教化作用，强调报刊"代表平民""代表舆论"。梁启超认为"报馆者非政府之臣属，而与政府立于平等之地位者也。不宁惟是，政府受国民之委托，是国民之雇佣也，而报馆则代表国民发公意以为公言者也"。他甚至还说："故报馆之视政府，当如父兄之视子弟，其不解事也，则教导之，其有过失也，则扑责之，而岂以主文谲谏毕乃事也。"①报刊"图国民之事业""造国民之舆论"，对政府形成巨大的压力，凝聚社会力量，对时局产生影响，实现"一纸之出可以收全国之视听，一议之发可以挽全国之颓势"②的作用。我们仅列数种报刊，就足以洞见时人的胆识和思想。《国民报》（1901）刊载的《说国民》，谈中国要摆脱君权和外权的束缚，则"必先脱数千年来牢不可破之风俗、思想、教化、学术之压制"。③《大陆》（1902）刊载的《广解老篇》，则攻击三纲五常为"礼俗之虚伪"。④《警钟日报》（1904）有数篇文章论述孔学儒教的问题，已经发出预警之声。如《论孔学不能无弊》一文，指出儒学之弊：一信人事，而并信天事；二重文科而不重实科；三有持论而无驳诘；四持己见而非异说。⑤在《论孔学与政治无涉》一文中，又有四点。第一说儒家并非宗教，只是一个学派，而孔子非宗教家；第二说中国自古

---

① 梁启超. 敬告我同业诸君［C］// 饮冰室合集：文集 第十一册. 北京：中华书局，2015：36.

② 汪林茂. 晚清文化史［M］. 北京：人民出版社，2005：504.

③ 张枬，王忍之. 辛亥革命前十年间时论选集：第一卷 上册［M］. 北京：生活·读书·新知三联书店，1978：20.

④ 同③：429.

⑤ 陈万雄. 五四新文化的源流［M］. 北京：生活·读书·新知三联书店，1997：118.

以来独尊儒学的结果，有碍学术自由，塞竞争以阻进步之路；第三说历史上儒学屡为统治者所利用；第四分析了儒家学说中不合理的地方，特别是"区等级而别尊卑，薄事功而尚迂阔，重宗法而轻国家"。[①]如果说这些言论尚有回旋余地，有欲说还休的吞吞吐吐之感，更猛烈的言论也呛声出列。《鹭江报》刊登过《三千年之民贼与三千年之奴隶》一文，对传统的历史文化，简直持一种完全否定和摒弃的态度。[②]章士钊、陈独秀等人创办的《国民日日报》（1903）更多刊载批判传统的文章。如《箴奴隶》一文，认为中国的历史是"独夫民贼"的"专制"，风俗是"纲常主义""崇拜偶像"。抨击了法家"惨礉少恩"，是"买办奴隶"的代表学派；道家"知雄守雌"，"知荣守辱"，是贿买奴隶的代表；儒家更是备受攻击，谓儒学"薄今爱古之性质，孔子亦不免微倾于奴隶"，因"孔子于君臣一关太看不破"，更认为儒家是"鄙夫乡愿学究"，"伪孔子之名以招摇天下"，而为"独夫民贼"所收买利用，故此"孔子遂为养育和种奴隶之乳姬"。[③]《道统辩》一文更是归结为，"孔子之道乃封建时代之道"，"不适用于今世者"。[④]此种言论，其激烈程度已经不下甚至甚于五四时期。"事实上，辛亥革命之前，中国知识分子在进行政治斗争和军事斗争的同时，曾经对封建主义思想堡垒发动猛烈的攻击，曾经广泛地传播近代民主思想，曾经发动过具有相当声势的思想启蒙运动。"[⑤]窥

---

① 陈万雄. 五四新文化的源流 [M]. 北京：生活·读书·新知三联书店，1997：118.

② 同①：120.

③ 同①：119.

④ 同①：120.

⑤ 刘纳. 嬗变：辛亥革命时期至五四时期的中国文学 [M]. 北京：中国人民大学出版社，2009：8.

一斑而知全豹，报纸杂志的犀利诘问和持续作战与辛亥革命的发生有着密切的关联，同时与新文化运动也有着千丝万缕的联系，我们不能说是晚清报纸杂志的反传统论说拉开了新文化运动的序幕，但毫无疑问这两种革命性质是接续的，此时的反传统论调就是为未来不可知的变革的奔突和呐喊，是辛亥革命的前声。

一

　　思想的变革与白话文的诞生融合到一起，其力量、气势通过众多新式媒体的渲染和传播，形成了对清王朝的摧枯拉朽般的击打力量。首先，语言作为交流思想、传播知识的工具，文言文已经阻碍了文化的发展，阻塞了民众获取知识、信息的渠道，所以人们要求变革的声音日益高涨，而报纸无疑是急先锋。裘廷梁在《无锡白话报》上撰文说"文义太深"造成民众"不通古今，不知中外，不解字义，不晓文法，商不知角逐，工不知制造，农不知变硗瘠为膏腴，二千年来寂处幽室，为光力所不及"。[1]陈荣衮（1899）提出，变法之本在于开民智，开民智之本在"改革文言"[2]。在同一文中，他说："地球各国之衰旺强弱，恒以报纸之多少为准。民智之开民气之通塞，每根由此"，中国报纸"多用文言，此报纸不广大之根由"。[3]也有报纸而引发的专文论述文言之流弊。黄遵宪在《日本国志》中说："语言与文字离，则通文者少；语言与文字合，则通文者多，其势然也"；[4]梁启超

---

① 汪林茂. 晚清文化史［M］. 北京：人民出版社，2005：287.

② 陈荣衮. 论报章宜改用浅说［J］. 知新报，1900（111）.

③ 翦成文. 清末白话文运动资料［J］. 近代史资料，1963（2）：125.

④ 同①：286.

（1896）撰文批评"中国文字能通于上，不能逮于下。盖文、言相离之为害，起于秦、汉以后，去古愈久，相离愈无，学文愈难，非自古而即然也"。①其次，面对时局和社会现状，有识之士提出各种主张，力主"文言合一"，更多的是要求白话文取代文言文，以开民智、启民生。创办《无锡白话报》的裴廷梁提出以白话文取代文言文——"崇白话而废文言"。他在《清议报》发表《论白话为维新之本》一文，称"中国有文字而不得为智国，民识字而不得为智民。何哉？裴廷梁曰：此文言之为害矣"。并说"文言之害，靡独商受之，农受之，工受之，童子受之，今之服方领习矩步者皆受之矣。不宁惟是，愈工于文言者，其受困愈甚"，故中国贫穷落后深陷危机，与文言实在大有关系。并提出八点"白话之益"，其中重要的有白话文"省日力"可以省时间，"便幼学"有利于教育，"炼心力"训练思维，"便贫民"百姓可读，所以，白话文为"智天下之具"。②陈荣衮提出，"大抵今日变法，以开民智为先，开民智莫如改文言"。并批评固执文言不肯变通的儒士们，欲永使不懂文言的"农、工、商、贾、妇人、孺人"处于"不议不论"的地位，是"直弃其国民矣"。③白话报刊已经不仅仅是宣讲之用，白话文运动已经粗具雏形，虽然不如五四时期旗帜鲜明、声誉之响，但其表现形式、影响范围已经与后期白话文运动没有差别。其实，晚清由报纸杂志发表的各类文章而开始的白话文运动已经是辛亥之后五四时期白话文运动的先声了。1904年，《警钟日报》发表题为《论白话报与中国前途之

---

① 梁启超. 沈氏音书序 [C] // 饮冰室合集：第二册. 北京：中华书局，2015：1-2.

② 裴廷梁. 论白话为维新之本 [J]. 近代史资料，1963（2）：66-71.

③ 蕲成文. 清末白话文运动资料 [J]. 近代史资料，1963（2）：125.

关系》的论说："白话报者，文明普及之本也。白话报推行既广，则中国文明之进行固可推矣。"并说："此皆白话之势力与中国文化相随而发达之证也。"①其实，后来大举白话文旗帜的胡适创办《竞业旬报》在《发刊词》和《凡例》中主张，"国语大同""文言合一"，"倘吾国欲得威震寰球，必须语言文字合一，务使男女老幼皆能读书爱国"。②有识之士的身体力行极大促进了思想更变和文化革新。浙江人章伯初、章仲和（章宗祥）主笔的《演义白话报》（1897），第一号上的《白话报小引》对该报的创办动机做了说明：

> 中国人要想发愤立志，不吃人亏，必须讲究外洋情形、天下大势；要想讲究外洋情形、天下大势，必须看报；要想看报，必须从白话起头，方才明明白白。……眼下我们中国读书人中，略有几个把外国书翻作中国文理，细心研究外洋情形。但是通文既不容易，看书也枉费心思，必须把文理讲做白话，看书便不吃力。③

这些叙事话语即使放到一个世纪之后，我们读来也毫无障碍，可见当时盛行的白话文与百姓的话语是相通的。裘廷梁、裘毓芳1898年创办《无锡白话报》。裘廷梁起草的《无锡白话报序》登在第一期上，吴福辉说这篇序是"用语文雅，但也是易懂的"。同是1904年创刊于南北方的两种白话报，苏州的《吴郡白话报》

① 陈万雄. 五四新文化的源流 [M]. 北京：生活·读书·新知三联书店，1997：162.
② 同①：118.
③ 汪林茂. 晚清文化史 [M]. 北京：人民出版社，2005：288.

发刊词面对读者，要"把各种粗浅的道理学问，现在的时势，慢慢的讲给你们知道"。①北京的《京话日报》则声称："本报为输进文明，改良风俗，以开通社会多数人智识为宗旨。故通幅概用京话，以浅显之笔，达朴实之理，纪紧要之事，务令雅俗共赏，妇稚咸宜。"②由此可见，晚清白话报纸杂志的尝试、兴起，与后来"国语的文学，文学的国语"的新文化运动遥相呼应，对辛亥革命中群众民智的启蒙和唤醒民众的意识起到不可或缺的作用。

二

晚清直到辛亥革命时期的报纸杂志的宣传、传播，形成一股重要的推动社会变革的力量。后世研究者感叹，"戊戌以降，终于迎来了一个国人办报……的时代，文化传播输入了新的学理、思想，同时也带动了传媒本身的发展。它们像两只车轮，艰难地碾压出了一条思想之路"。③茅盾曾经指出："我们在论述五四新文学运动的时候，应该立专章论述清末的风气变化和一些起过重要间接作用的前驱者……清末的翻译西方文学和各地出现的白话小报，都是五四新文学的前驱。"④陈平原论及清末民初时期的文学时说："这无疑是一个以刊物为中心的文学时代，绝大部分的小说都是在报刊上发表（或连载）后才结集出版的；而且，大部

①② 吴福辉."五四"白话之前的多元准备 [J]. 中国现代文学研究丛刊，2006（1）：1-12.

③ 马永强. 文化传播与现代中国文学 [M]. 合肥：安徽大学出版社，2003：6-7.

④ 姚雪垠. 中国现代文学史的另一种编写方法：致茅公同志 [J]. 新华文摘，1980（5）：177-179.

分主要小说家都亲自创办或参与编辑小说杂志。"①这些报刊媒体，以刊载诗歌、散文、小说、戏剧和翻译文学等为主，积极宣传革命，鼓动民心，推动起清末民初文化运动的思潮。其中尤以小说波及范围最广、刊载数量最多、文化效果最强、社会影响力最大，观察以小说为代表的文学样式，能够体察到在报纸杂志的传播过程中，白话文学对封建政体、传统文化的冲击和震动。

白话文运动与新小说发生的交织、融合，通过林林总总的报纸杂志的传播和呐喊，为后来的新文化运动拉开了序幕。早在维新变法初期，康有为、梁启超作为改革的倡导者和领导者，就认识到小说的作用。在《日本书目志》中，康有为阐述了他的发现："天下读小说者最多……仅识字之人，有不读'经'，无有不读小说者，故'六经'不能教，当以小说教之。"②梁启超更是对文学变革给予厚望，而且从《变法通议·论幼学》中发现《水浒传》《红楼梦》《三国演义》的读者比四书五经的更广泛和普遍，所以他倡导新文学、新小说，以开启民智、革除旧制，为社会和文化变革迎来民众基础和舆论之声。梁启超在《清议报》第一册中借他人之口提出"小说是国民之魂"，虽然显然有过溢之处，但显见其对小说之推崇。他提出"政治小说"的说法。他认为欧美改革及日本政治维新都与"政治小说"有极大关系。他说：

> 欧洲各国变革之始，其魁儒硕学，仁人志士，往往以其身之所经历，及胸中所怀政治之议论，一寄之小说……往往

---

① 陈平原. 中国现代小说的起点：清末民初小说研究［M］. 北京：北京大学出版社，2005：17.

② 马永强. 文化传播与现代中国文学［M］. 合肥：安徽大学出版社，2003：211.

每一书出，全国议论为之一变。①

　　严复、夏曾佑1897年在天津创办《国闻报》时，对其附引小说的理由是这样陈述的："本馆同志，知其若此，且闻欧美东瀛，其开化之时，往往得小说之助。……则小说者又为正史之根矣。"②阿英在《晚清小说史》中说，晚清"种族革命小说"是以"宣传革命思想，鼓动革命情绪，使人民同情、参加，以完成中国的种族革命为任务"。这些小说"在艺术上虽未臻完善，在对读者的政治影响方面，一定是巨大的"。③这些小说基本都刊载在报纸杂志上。"上海等地还出现了《指南报》《游戏报》《趣报》《采风报》等通俗文艺校报，刊载短篇小说，意味着小说开始借助近代传媒向大众推广。"④《自由结婚》《洗耻记》《狮子吼》《卢梭魂》《六月霜》等小说都先后发表。

　　小说以白话形式或者半文半白形式撰写，抒发思想、开启民智，这在当时的报纸杂志上是经常见到的模式。清末自1900年开始有代表革命派的小说，这些小说文体很好地与白话形式融合在一起，既宣传了革新主张，传播了文化思想，为后来的辛亥革命做了铺垫；又激发了民众情感，疏浚了民意，为辛亥革命之后的新文化运动打开门扉。"小说最好用白话体，以用白话方能描写的尽情尽致，'之乎也哉'一些也用不着。"⑤著名的有在日本横

---

　　① 马永强．文化传播与现代中国文学［M］．合肥：安徽大学出版社，2003：211.

　　② 陈平原，夏晓红．二十世纪中国小说理论资料：第1卷［M］．北京：北京大学出版社，1997：27.

　　③ 阿英．晚清小说史［M］．南京：江苏文艺出版社，2009：90.

　　④ 汪林茂．晚清文化史［M］．北京：人民出版社，2005：312.

　　⑤ 陈平原．中国现代小说的起点：清末民初小说研究［M］．北京：北京大学出版社，2005：173.

滨发行的《开智录》连载的《贞德传》（1900）、《洗耻记》（1903），张肇桐的《自由结婚》（1903），徐念慈创办的《小说林》，等等。[①]陈天华的《狮子吼》（共八回）载于《民报》二至九号，反映了其思想主张和"种族革命"意识。白话的形式已经非常明显，即使放到五四运动之后，甚至放到21世纪的今天，民众阅读估计也不会感到晦涩和艰难。文中写道：

> 那舟山西南有一个大村，名叫民权村。……该村的烟户，共有三千多家，……有议事厅，有医院，有警察局，有邮政局、公园、图书馆、体育会，无不具备，蒙养学堂、中学堂、女学堂、工艺学堂，共十余所。此外，有两三个工厂，一个轮船公司。[②]

这是一个"世外的桃源"的"文明的雏本"，分明可见作者图谋自救，兴学校、改政体、建国家的政治主张。《自由结婚》（1903）托名犹太遗民万古恨著，震旦女士自由花译，实则另有其人。小说借助其他国家来抒发民族之苦，诉作者反对专制理想。故事说一个国家政权被盗贼把持，"没有什么立宪""没有什么共和"，欺压民众，"独断专行"，"算的一个贼民整体"。故事说：

> 那些盗贼们，既不许别人有帝王思想，就自己安居高位，异常舒服。他的子弟，常常有候补皇帝的资格，有候补

---

① 阿英. 晚清小说史［M］. 南京：江苏文艺出版社，2009：92.

② 陈万雄. 五四新文化的源流［M］，北京：生活·读书·新知三联书店，1997：164.

皇帝的机会，几千年来的神皇圣帝，不是盗贼就是盗子贼孙，不是盗子贼孙，就是盗亲贼戚。①

从小说的形式看，这种口语式的语言叙事，显然已经接近我们今天的语言模式，与新文化运动中的新文学的白话模式已经能够对接。从小说的内容看，是对两千年皇权的辛辣的嘲讽和激烈的反抗。作者的态度非常明确，反对专制政体。小说中继续说："第一步，我们不是人就罢，倘然是个人，一定要报洋人欺我的仇。第二步，洋人欺我，大半是异族政府做出来的，所以要报洋人的仇，一定先要报那异族政府的仇。第三步，要报异族政府的仇，家奴是一定也要斩的。第四步，欲达以上所说的目的，我们同志的人，一定要结个大大的团体，把革命军兴起来。"（第九回）②阿英在《晚清小说史》中论及这部小说时说："这四条就是反帝国主义、反清、反汉奸，大家团结起来革命。"

这一时期，数量众多的小说纷纷在报纸杂志刊出，其中以白话或半文半白文体书写的小说题材众多、形式多样。有关于"立宪运动"的，如梁启超的《新中国未来记》、佚名的《宪之魂》、黄小配的《宦海升沉录》等；还有反映"妇女解放"方面的，如汤颐琐的《黄绣球》（1905）表达了妇女争取自由和平等的思想，尤为可贵的是展示了妇女运动的启蒙作用，以及思绮斋的《女子权》、南武静观自得斋主人的《中国之女铜像》和吕侠人的《惨女界》等；还有反映"反迷信运动"的，如壮者的《扫迷帚》（1905）、嘿生的《玉佛缘》、吴趼人的《瞎骗奇闻》等；还有"讲史与公案""官僚生活"方面的；还有翻译小说。文言翻译的

---

① 阿英. 晚清小说史［M］. 南京：江苏文艺出版社，2009：98.
② 同①：92.

较多，白话翻译的也不少。这一时期的小说更多的是刊载在刊物上，也有的以单行本发行。①阿英在《晚清文艺报刊略述》中统计，1902 年到 1910 年，小说刊物和以刊登小说为主的刊物有 16 种。在《晚清小说史》中，他谈到小说的繁荣和昌盛情景："最早的一种，是梁启超办的《新小说》。始刊于光绪二十八年（1902），共行两卷。所载小说，有梁氏自作之《新中国未来记》，吴趼人《痛史》《二十年目睹之怪现状》《九命奇冤》《电术奇谈》等。继有李伯元主编《绣像小说》（1903）半月刊，共行 72 期。李之《文明小史》《活地狱》，刘鹗《老残游记》，皆系发表于此。李伯元故后，吴趼人创办《月月小说》（1906），行 24 期，自著有《两晋演义》《劫余灰》等。《小说林》出的最晚（1907），行 12 期，载有曾孟朴之《孽海花》。这是主要几种。此外还有《新新小说》《小说月报》《小说时报》《小说世界》《小说图画报》《新世界小说社报》各种。"小说在当时的情景是"此起彼伏，或同时并刊"，所以，"亦足见繁荣景象"②。总之，这一时期，报纸杂志上刊登的白话小说或者半文半白话小说非常普遍，这一现象吹响了新文化运动的号角，其性质、规模、形式、影响力在文学史上被忽略或者被淡化的情况确实需要扭转，这一时期的文学现象和报纸杂志的作用要慎重研究和认真对待，我们应该重新推导和评估其文学意义和历史意义。

清末民初的思想的启蒙、白话文的变革、白话文小说的兴起，通过报纸杂志的宣扬、传播，上层士人改革的呼声，下层民众变革的诉求形成多层次、多元化的社会力量，这种力量促进了社会的发展，推动了制度的改变。这种传播的方式和事实的效

①阿英. 晚清小说史［M］. 南京：江苏文艺出版社，2009：1.

②同①：2.

果,为辛亥革命做好了组织准备、蓄积了民众力量、构建了舆论空间;同时,以报纸杂志为主的白话文运动为后来的新文化运动提供了广泛的民众基础,积聚成强大的文化力量,是新文化运动先期性质的文化运动。所以,这种粗线条、选择式地梳理从晚清直到辛亥革命时期的报纸杂志的演进方式,使我们重新理解和认知这一过程在文学史、社会史中的文化意义和精神价值,我们也能更好地思考和辨析清末民初这一特定历史时期的独特存在和特殊价值。

存在与转型

——东北文学的路径

中国东北素以荒寒、冷硬著称，北方寒冷的气候、广袤的山地、古朴的风俗、杂融的民族，以及北方人豪爽的性格、高大的身材、粗犷的节奏、顽强的毅力，在这种场域下形成的文字自然有特定的印迹和符号。鲁迅认为，中国自有文学以来，南方文学渐以"才情性"的"软性"成为中国文学的主调，北方则以"生存性"的"硬性"成为文学的支撑点。他在 1935 年 3 月 13 日《致萧军、萧红》信中说，"大约北人爽直，而失之粗，南人文雅，而失之伪"①，这是他对南北方一种简单直白的体认。王富仁在《中国现代短篇小说发展的历史轨迹》里说，"在东北，生存的压力是巨大的，生存的意志是人的基本价值尺度，感情的东西，温暖的东西，被生存意志压抑下去了，人与人的关系没有了那么多温情脉脉的东西，一切的欲望都赤裸裸地表现在外面。在精神上，人们感到孤独和荒凉，具有一种像东北的天气一样的寒冷感觉。……他们每个人的心里好像都有一块又大又重的磐石，下面

---

① 鲁迅. 致萧军、萧红 [M] // 鲁迅. 鲁迅全集：第 13 卷. 北京：人民文学出版社，2005：407.

压抑着许多不可名状的情绪，语言和动作都是突如其来的，过渡也是突兀的，再加上他们对东北外部自然环境的描写，其作品就不能不给人一种荒凉、寒冷的感觉。"①东北文学的生长、养成、漫散、流传都承继着东北文化的风格、气质和品性，"东北作家群独特的'审美力学'，带血的旷野、剽悍的民风和铁的人物，交融成一种和这块土地的历史相默契的阳刚之美"②。从20世纪二三十年代的萧军、萧红、端木蕻良、舒群、白朗、骆宾基等"东北作家群"到新时期以来的马原、洪峰、迟子建、阿成、孙惠芬、张笑天、王充闾、金仁顺等东北作家，都印证和书写着东北文化，这种荒寒文化经历着存在，也在艰难地转型。

～ 一 ～

　　"东北作家群"作为20世纪上半叶重要的文学创作群体，已经成为东北文化的历史坐标之一。九一八事变之后，东北地区成为沦亡之地，人民成为铁蹄下、逃亡中的难民。李泽厚在《中国现代思想史论》中提出"启蒙与救亡"的文化命题，东北文学恰恰承接着"救亡"这一主题，抗战与救亡成为这一时期文学的主要使命。

　　最早发声的是穆木天、李辉英，具有悲悯情怀的穆木天的《别乡曲》（1931年12月刊发于《北斗》）和与都德小说同题的李辉英的《最后一课》（1932年1月刊发于《北斗》）在九一八事变

---

① 王富仁. 中国现代短篇小说发展的历史轨迹：下［J］. 鲁迅研究月刊，1999（10）：42-55.

② 杨义. 中国现代小说史：第2卷［M］. 北京：人民文学出版社，1988：527.

后迅疾发表，掀起救亡爱国反帝的潮流。随后，涌现大批抗战救亡或者与之相关的文学作品，如萧军的《八月的乡村》《第三代》，萧红的《生死场》，李辉英的短篇小说集《夜袭》《火花》和长篇小说《万宝山》《松花江上》，端木蕻良的《遥远的风砂》《科尔沁旗草原》，罗烽的《第七个坑》《呼兰河边》，骆宾基的《边陲线上》《东战场别动队》，舒群的《老兵》《战地》，白朗的《伊瓦鲁河畔》，等等。李辉英在《丰年·自序》中倾诉："我彷徨，我恐惧，我悲哀，我更气愤，终至，激起了我反抗暴力的情绪！"这表明了李辉英思想的转变过程，与多数东北作家思想逻辑是一致的，从彷徨、恐惧到愤怒、抗争——突如其来的现实剧变，致使"东北作家群"在生存状态、生活重心、创作思想方面都发生了变化，他们以他们的心、用他们的笔投入抗战洪流中。

东北抗战文学在初期，其整体力量不算强大，文学发声也并没有得到大众的关注，这一方面是因为其抗战状态离民众生活现实尚有距离，另一方面是因为其创作难免稚嫩、仓促或者情绪化。不过，"二萧"到上海与鲁迅建立了友谊，得到鲁迅的提携和关照，提振了东北文学的影响力。1935年，鲁迅自费资助叶紫、萧军、萧红等东北作家出版了著名的《丰收》《八月的乡村》《生死场》等作品，并为《生死场》作序，指出《生死场》"这自然还不过是略图，叙事和写景，胜于人物的描写，然而北方人民的对于生的坚强，对于死的挣扎，却往往已经力透纸背"[①]。由此，抗战文学进一步在国内产生影响，而《八月的乡村》由鲁迅推荐率先被翻译出版，在国内外都引起关注。1936年，大型文学刊物《文学》《文学界》《作家》《中流》《光明》等也多刊登抗战

---

① 鲁迅. 萧红作《生死场》序 [M] // 鲁迅. 鲁迅全集：第6卷. 北京：人民文学出版社，2005：231.

文学作品，萧军的《羊》《江上》、萧红的《牛车上》、罗烽的《归来》、舒群的《没有祖国的孩子》、端木蕻良的《大地的海》、穆木天的《给流亡者》、狄耕的《黑水白山之间》等都纷纷发表或出版。东北抗战文学一时蔚为大观，其直抒胸臆的写法、满腔怒火的情绪、悲壮的艺术形象等都留下了鲜明的时代烙印。

抗战救亡的命题属于特定的时代、时期和特定的人群，虽然20世纪二三十年代以来抗战救亡主题文学不断呈现新的作品，但是属于东北抗战文学的时代已然一去不复返。新时期以来，从徐怀中的《西线轶事》、李存葆的《高山下的花环》到莫言的《红高粱》、徐贵祥的《历史的天空》，再到麦家的《风声》《暗算》、严歌苓的《金陵十三钗》，战争文学创作模式和思考逻辑已经千回百转，但东北作家的身影却依稀寥寥，我们很少找到重新把战争理解得更有深度、更有力度的"东北作家群"式的文学作品，个中原因，值得深思。

二

东北文化资源谱系作为历史记载和文化记忆，东北文学是重要的载体和传承样式。夏志清先生对20世纪二三十年代的东北文学给予很高的评价："他们（东北作家）的作品描绘了遭到异族霸王蹂躏的东北乡村，为地区文学带来了新鲜感和生命力，并且在流行性和知名度上几乎取代了城市风格的'无产阶级文学'。"①李欧梵在《剑桥中华民国史》中借用了他直言不讳的判

---

① 费正清，费维恺，刘敬坤. 剑桥中华民国史：下卷 [M]. 北京：中国社会科学出版社，1994：450.

断，"夏志清下结论说，在大后方创作的小说，普遍缺乏'激情和特色'。这种判断确实话出有据，有其道理"。

东北文学的偶发振兴，成为一种时代力量，地域文化暗蕴其中，极具魅力。地域文化的特征之一——"胡子"（土匪）形象具有明显的地域意义。萧军的《八月的乡村》《第三代》，端木蕻良的《遥远的风砂》《科尔沁旗草原》对"胡子"形象的刻画都不吝笔墨，有既性格彪悍又感情温柔的"半截塔"（《第三代》），有义无反顾、有勇有谋的铁鹰队长（《八月的乡村》），有备受尊重的"老北风"（《科尔沁旗草原》），有既烧杀劫掠又勇于杀敌的"煤黑子"（《遥远的风砂》）……"胡子"的形象不是单一、简单的，而是复杂、丰富的，富有变化和人格色彩，体现了创作者的想象力和创造力。东北学者逄增玉认为："那些脱离了土地的农民——脱离了人生正常轨道而处在历史和人生夹缝中的胡子（土匪）身上，可以说，同样体现出东北的生命强力，尽管这种体现有时是逆向的、扭曲的，但是，在东北作家作品中，却往往是或绝对是充满诗意的。"① 然而，我们要考察的重点不在这里，而是要思考随着时间的推进，这些"胡子"都去哪儿了？1949年之后，我们熟悉的文学中的"胡子"形象是座山雕、小炉匠（《林海雪原》）、柳八爷（《苦菜花》）、桥隆飙（《桥隆飙》），等等。新时期以来，土匪形象鲜明的有莫言的《红高粱》；贾平凹的"土匪系列"，如《烟》《美穴地》；尤凤伟的《石门夜话》；谈歌的《家园笔记》；等等。如果勉强寻找东北文学中的土匪形象，东北作家石钟山的《关东镖局》《横赌》可以入列。也就是说，曾经"风云一时"的"土匪"系列形象已经不再是东北文学

---

① 逄增玉. 黑土地文化与东北作家群［M］. 长沙：湖南教育出版社，1995：119.

的文化标签，而是更广阔地域的作家的创作对象。地域文化的特征之二——宗教文化作为表征。萨满教作为普遍意义上最古老、最具土著色彩的民间宗教形态之一，"跳大神"是最基本的宗教仪式。萧红的《呼兰河传》以及端木蕻良的《科尔沁旗草原》《大江》等对萨满"跳大神"仪式都有叙述，多是暗含萨满教对人性的戕害、对民众的吞噬，或者富贵阶层利用萨满教对农民的愚弄，如12岁的小团圆媳妇被借助"跳大神"仪式折磨致死（《呼兰河传》），丁家借助萨满教蒙骗百姓（《科尔沁旗草原》）等。现代东北作家对萨满教的蛊惑性、神秘性、民间性有着更多的体认，复杂情感中的否定多于欣赏。我们接续的关注，是萨满教文化的延展和续声。新时期以来，郑万隆的《黄烟》、马原的《冈底斯的诱惑》、洪峰的《极地之侧》对萨满教的万物有灵论进行新的阐释和新的观察。山林中普通的黄烟被认为是山神"白那恰"发怒的表现（《黄烟》），牧羊人顿珠失踪变成说唱艺人（《冈底斯的诱惑》），原始极地发生的神秘故事（《极地之侧》），萨满教更多地体现了娱乐性、神秘性、文化性的大众认知，体现为外向式的介入和参与意识，转化为文学创作的技巧实验和创作冒险。伊夫·瓦岱曾说："先锋派往往就是在为避免落入俗套而做出努力的过程中重新发现了原始文化的价值。"①然而，随着时间发展，原始宗教的母题书写踪迹难觅，只有坚持东北土地的迟子建依然醉心于东北自然风物的灵性感知和思考方式。

　　如果简单地理解东北文学演进过程的跌宕起伏，大致有这样几点原因：一是创作场域的消失。战争已经远去，愤怒情绪、流亡情结都已消散，随着场域的消失，"胡子"文化的主题高潮、

---

① 伊夫·瓦岱. 文学与现代性［M］. 田庆生，译. 北京：北京大学出版社，2001：8.

俄罗斯异质文化的新鲜等都逐渐消退。地域文化的特质已经不在，东北作家的创作动力、创作目标已经各自为战，如阿成关注地域文化特质、孙惠芬关注乡土写作、谢友鄞关注辽西的生存状态、王充闾投向传统文化和历史人物等。二是成长历程的变化。现代作家如萧军、萧红、端木蕻良等都经历过流亡和逃难，家国沦亡情绪是他们的切身体悟，他们的直观观察和生命感悟就是壮烈诗篇的注脚和波澜起伏的文学的标记。而当代东北作家成长经历的是重新启蒙、重新思考的历史阶段，他们的文学视野投向更广阔的现实生活和存在空间，面临着多维度、多视角、多样性创作模式的现实，因此，东北文学写作者不再具有独特性。即使有迟子建等东北作家的坚守，也仅仅是单兵作战，持之以恒的、处于高峰的群体式的写作态势逐渐退隐。三是创作兴趣的转移。当下影视的普遍化、传媒的现代化推挤着边缘化的文学，浮躁的写作者无法沉潜其中，也就无法创作更有力度和更有质感的文学，如石钟山更注重文学转型为电视剧，金仁顺等"70后"更关注内在、自我的创作状态等。

鲁迅在给萧军《八月的乡村》作序时说："《八月的乡村》……严肃，紧张，作者的心血和失去的天空，土地，受难的人民，以至失去的茂草，高粱，蝈蝈，蚊子，搅成一团，鲜红的在读者眼前展开，显示着中国的一份和全部，现在和未来，死路与活路。"他着重强调了"显示着中国的一份和全部，现在和未来，死路与活路"，这是东北文学的时代意义。1978年11月28日，夏志清在纽约为《中国现代小说史》作中译本序的时候说："四五年前我生平第一次有系统地读了萧红的作品，真认为我书里未把《生死场》《呼兰河传》加以评论，实是最不可宽恕的疏忽。"在这一时期，他读了许多作家的作品，对一些作家进行重新或者补充评价，他说："我对《八月的乡村》所作的评论，稍欠公正。……我现在认为端木蕻良、路翎二人都应有专章评论才对。……我计划另写一部《抗战时期的小说史》，把吴组缃、萧军、萧红、端木蕻良、路翎……予以专章讨论。"①夏志清对萧红、萧军、端木蕻良的判断是相对客观公允的，而且，如果有机会，他会给予更高的文学评价。我们判断一个时期作家的价值取向和文学地位，终究是有所选择的，"无论是审美判断还是学问判断，大都具备两种路向：一个是作家个体的纵向研究，即把作家作为一个独立的个体，对其本身的价值进行评价；一个是注重作家与周边或者同类作家的关系研究，通过同类比较来进行价值评价"②。所以，"东北作家群"可以与同时代的作家比肩而立，是东北文学的标志性力量；而新时期以来，东北荒寒文化的迷遁和退隐，也是不可回避的现实。如今，东北文学已然在缓慢转型，东北黑龙江有迟子建的持之以恒的文学追求、阿成的哈尔滨底层市民的书写，吉林有张笑天的30卷《张笑天全集》的浑厚力量、"70后"金仁顺的内敛式青春写作，辽宁有王充闾的历史散文的书写及孙惠芬的新乡土创作等，我们希望新世纪的书写能够重构文学版图，使构建东北新的文学力量和实践成为可能。

---

① 夏志清. 中国现代小说史 [M]. 刘绍铭，译. 香港：香港中文大学出版社，2001：48.

② 张福贵. 鲁迅研究的三种范式与当下的价值选择 [J]. 中国社会科学，2013（11）：160-179.

历史与文学

——抗战时期的报告文学

　　报告文学是一种比较特殊的文体，相较于小说、诗歌、散文、戏剧等体裁，显得杂糅、综合一些，因为其距离通讯、采访等新闻书写方式更近一些。19世纪的清朝末年，报纸登陆中国，新闻与文学结合成为报告文学的溯源，正如塞尔维亚报告文学研究者T.巴克认为："报告文学的物质基础是报纸。"①学界一般认同梁启超的《戊戌政变记》最早具备了报告文学的特征，其后报告文学开始逐渐成为一种被认可的书写方式。报告文学在中国的发生、发展和高潮是有间断性和时代性的，五四运动前后，梁启超、鲁迅、瞿秋白、谢冰莹等都写了诸多报告文学，反映了时代真实状况，体现了民众生活状态，表现了作者的思想情怀，如梁启超的《戊戌政变记》、鲁迅的《略谈香港》《再谈香港》《为了忘却的纪念》、瞿秋白的《赤都心史》《饿乡纪程》，等等，而这一时期报告文学的体裁自觉意识尚不清晰，体现的是学人的自我感知和随笔意识，并不是文体的自我体认和学界共识。

---

①T.巴克. 基希及其报告文学［M］. 上海：泥土社，1953：3.

  20世纪30年代，中国的形势进入新的历史状态。文学以不同的方式介入历史。其中，报告文学更是因为特殊的文学样式，以一种直接的、贴近的方式为民众所使用、接受。1932年，茅盾在《关于"报告文学"》中说，"去年夏季，'文坛'上忽然有了新流行品了，这便是'报告文学'。""所谓'报告文学'即在欧美'文坛'也还是一种新东西，因而在我们中国确是'不二价的最新输入'。"①报告文学的发展在这一时期得到极大的推进，与时代的情状和现实的形势有着密切的关系。刘白羽在《中国新文学大系：1937—1949报告文学卷 第十三集》的序中说，"正如不是英雄创造时势，而是时势创造英雄，正是这个伟大现实，向报告文学注入民族的精华，凝入民族的神魄，因而报告文学如大火弥天、狂流溯地，将'五四'以来的革命新文学推上了新的高潮。……报告文学以其特有的敏感，特有的锐利，把满含人民精灵之中的无比的悲切，无比的愤怒，无比的欢乐，无比的壮烈，化为巨剑"。②报告文学以独特性、民众性、真实性、锐利性直接地契合历史、契合现实，与时代同呼吸、共命运，一度成为愤怒的号角、时代的记录、历史的印痕。正如谈及解放区报告文学时，有学者说"由于强调文学的意识形态功能以及文学创作和历史实践的某种同构关系，解放区的文学创作活动更看重的是能够直接介入社会生活、参与历史创造的艺术样式。有别于小说虚拟化的言说方式，报告文学作为一种非虚构的文体，是以摄照真实的历史现场为其基本的文体使命的"。③20世纪20年代末到40年

---

  ① 茅盾. 关于"报告文学"［J］. 中流，1936（11）：11-14.

  ② 本书编辑委员会. 中国新文学大系：1937—1949 报告文学卷 第十三集 ［M］. 上海：上海文艺出版社，1990：2.

  ③ 胡玉伟. 文学介入历史：对解放区报告文学的一种考察 ［J］. 沈阳师范大学学报，2005（2）：111-114.

代，报告文学的现实性和时代性、政治性和革命性、民众性和普遍性、真实性和艺术性都得到无以复加的彰显与体现，其与民众抗战的结合、与民族魂魄的契合、与时代精神的融合都成为时间的印痕、历史的足印。

一

20世纪30年代，报告文学的普遍性、宣传性、战斗性日益明显，这是时代的选择、历史的赋予。外敌入侵、国家危亡，同仇敌忾、民众愤起，"现实斗争召唤着文学必须做出迅速的、深入的反应，鼓舞全国军民同仇敌忾，为民族的独立与解放而战！"文艺工作者、爱国人士都以各种形式参与到救亡图存的运动中，其主要文学形式之一就是报告文学。以群就曾对这种情况进行描绘，"一九三二年以后，在中国革命的文学团体的有计划的推进之下，报告文学与'文艺通讯员'运动相结合，它的作者范围及于专门文艺工作者以外的"各类人物，从而使这一时期的文艺作品"更真实、更深刻、更动人地写出了中国人民大众生活的惨重与艰辛，同时也说明了中国报告文学的进一步跃进"。[1]无论是解放区，还是大后方，中国的民众用自己的眼睛记录着血染的时代，用自己的笔雕刻下历史的印痕。

抗战时期报告文学的大众性。无论是文艺工作者还是其他爱国人士、有志之士，都把自己的鲜血、眼泪，倾洒在或者愤怒，或者悲壮，或者震撼，或者激昂的笔端。以群在《抗战以来的中国报告文学》中有过具体的描述："一切的文艺刊物都以最大的

---

① 以群. 抗战以来的中国报告文学 [J]. 中苏文化，1941（1）：42-123.

地位（十分之七八）发表报告文学；读者以最大的热忱期待着每一篇新的报告文学的刊布；既成的作家（不论小说家或诗人或散文家或评论家），十分之八九都写过几篇报告。在这样的情况之下，报告文学就成为中国文学的主流了！"丘东平、丁玲、范长江、萧乾、骆宾基、楼适夷、卞之琳、刘白羽、何其芳、周立波、姚雪垠、碧野、叶以群、萧军、萧红等，无论是诗人、小说家，还是记者、剧作家，他们都以抗战为己任，以民族危亡为己任，或在抗敌前线，或在抗战后方，以"我以我血荐轩辕"的精神，自觉地运用报告文学的形式书写着战争。1937年，以丁玲为主任、吴奚如为副主任的"第十八集团军西北战地服务团"发表的《西北战地服务团的成立宣言》能够表达当时文艺工作者的心情，"我们愿意以一切供献于抗日前线，与前线战士共甘苦，同生死，来提高前线战士的民族自信心和民族牺牲性，……我们将随时报告战地的状况，使全国远在后方的民众，都随刻与前线紧紧的联络着，……为中华民族的解放独立自由，把我们的一切贡献到前线去！"①文艺工作者基本都有与国家共存亡、与强敌抗到底的心态。与此同时，中国共产党的主要领导毛泽东、周恩来等也提笔如枪，毛泽东的诗歌、通讯都是战时号角，陈毅更是身先士卒，诗歌、报告文学都能运笔有神。也有宋庆龄、黄炎培等民主党派人士写的战时见闻，如《延安五日记》（黄炎培）；国际人士积极报道抗战史实，除了著名美国记者埃德加·斯诺的《西行漫记》，也有英国国际题材记者田伯烈的《外国人目睹之日军暴行》、意大利人樊思伯的《"神明的子孙"在中国》等作品；国民党的领导人蒋介石、冯玉祥也都发表抗战宣言，尤以冯玉祥为积极，不但写诗歌，还有一些抗日的纪实性、叙事性作品。抗战

① 西北战地服务团的成立宣言 [N]. 新中华报, 1937-08-19.

时期，阶级矛盾已经成为次要矛盾，敌我矛盾是主要矛盾，抗日救亡成为唯一的主题。鲁迅曾经说过："我以为文艺家在抗日问题上的联合是无条件的，只要他不是汉奸，愿意或赞成抗日，则不论叫哥哥妹妹，之乎者也，或鸳鸯蝴蝶都无妨。"①所以，抗战成为所有人一致的方向。这些国内外的历经抗战或关心抗战的人士，纷纷投入这场正义与非正义、侵略与反侵略、法西斯与反法西斯的战争中，残酷的战争形势，不屈的民众之心，都促使写作者自觉地运用报告文学这种叙事性、纪实性较强的文体来记载历史。

抗战时期报告文学的多样性。无论是解放区的报告文学，还是大后方的报告文学，都以形式各异、手法多样的方式烙印着历史，可歌可泣的英雄事迹、气壮山河的抗战过程、残暴血腥的强敌暴行、辛酸苦难的民众生活，都如溪流，汇聚成惊天动地、震撼古今的卓绝篇章。当时，诸多报纸杂志等刊发的长短不一的作品，与抗日战争紧密相连。报纸如《新华日报》《晋察冀日报》《解放日报》等，期刊杂志如《中流》《抗战戏剧》《烽火》等，20世纪30年代，中国人民的抗争步伐，启蒙与呐喊、宣传与传播，这些报纸杂志是文化与精神战线的"中流砥柱"。今天，我们观察抗战时期的报告文学，《中国抗日战争时期大后方文学书系 第四编 报告文学》（共3集）（重庆出版社，1989年出版）是重要的一部汇集式作品，包括174位作者，这里既有夏衍、谢冰莹、范长江、宋之的等早已有成的作家，也有一大批在汹涌澎湃的时代大潮中成长起来的以报告文学成名的青年作者，如丘东平、萧乾、碧野、曹白、骆宾基等。同样，《中国解放区文学书

---

① 鲁迅. 答徐懋庸并关于抗日统一战线问题［M］// 鲁迅. 鲁迅全集：第6卷. 北京：人民文学出版社，2005：550.

系报告文学编》（共3卷）（重庆出版社，1992年出版）汇聚了解放区的大量报告文学，为我们提供了样本式作品，使我们能够窥一斑而见全豹，比较全面地了解和分析当时的报告文学的状态和情形。

抗战时期的报告文学的样式繁多、内容丰富。一是体式多样，品类各异，有通讯体，如范长江的《卢沟桥畔》《陷落前的宛平》《杂话北方》《血泪平津》，都以通讯发表在《大公报》上；有日记体，如黄炎培的《延安五日记》、沙汀的《随军散记》；有人物访谈记，如丘东平的《叶挺印象记》、陈荒煤的《刘伯承将军会见记》；还有小说体，如丁玲的《田宝霖》、田涛的《中条山下》等。二是内容丰富，令人震撼。讴歌可歌可泣的抗敌事迹，如丘东平的《第七连》《我认识了这样的敌人》、周立波的《战地日记》；记录日本战俘在解放区的生活状态，如沈起予的《人性的恢复》、王向立的《延安日本工农学校》；记录国际友人支援抗战的故事，如周而复的《诺尔曼·白求恩断片》，马寒冰的《印度救护队访问记》；描写各类人物在抗战中的表现的史实，如周立波的《徐海东将军》、赵超构的《毛泽东先生访问记》等。

二

1931年九一八事变爆发，日本侵略者侵占东北，中华民族面临空前的灾难。空前的民族灾难唤起了空前的民族觉醒，抗日救国成为民众心中唯存的愿望，救亡成为民族最重要的呐喊和最基本的诉求。所有的人无可回避地需要做出抉择，1936年西安事变后，国共达成共识，民众空前团结，报告文学在抗日救亡运动召唤下，毅然成为宣传抗战、传播文化的主要战场。

救亡成为抗战时期最重要的存在主题。诗歌、小说、戏剧、曲艺、歌曲等都直接或间接地指向抗日，"国家兴亡，匹夫有责"，而报告文学成为一支重要力量，"驰骋"在救亡战场。

血与火的淬炼，是战争不可回避的话题。丘东平的《第七连》《我认识了这样的敌人》，叙述战士的英勇无畏，怒斥敌人的冷酷残暴，令人如临其境，深感震撼与愤怒。《第七连》的副标题为"记第七连连长丘俊谈话"，以连长口吻谈到他由一个中央军校广州分校的学生成为第七连连长的过程。其中，战争的炮火袭来的时候，文中这样记述："从上午八点起，敌人对我们开始了正面的总攻。这次总攻的炮火的猛烈是空前的，我们伏在壕沟里，咬紧着牙关，忍熬这不能抵御的炮火的重压。对于自己的生命，起初是用一个月、一个礼拜来计算，慢慢的用一天，用一个钟头，用一秒，现在是用秒的千分之一的时间。"①死亡随时降临，所有豪言壮语都苍白无力，面对着一个又一个倒下的兄弟，战争有时是拼意志力、拼忍耐性，这在报告文学的叙事中得到了淋漓尽致的体现。《我认识了这样的敌人》的副标题是"难民W女士的一段经历"，W女士在逃亡中看到她的朋友，一个高高的、文弱的南方人和日本的三个全副武装的陆战队员发生的惨烈的搏斗：

　　　　他屡仆屡起，那穿着黑绒西服的影子在我眼中突然地扩大，在极端短暂的倏忽的时间中我清楚地认识了他低扼着脊梁，弯着两臂向他的劲敌猛扑的雄姿；——三个日本陆战队

---

① 本书编辑委员会. 中国新文学大系：1937—1949 报告文学卷 第十三集 [M]. 上海：上海文艺出版社，1990：53.

和一个中国人，他们的黑色的影子在白昼的光亮里幻梦地浮荡着，他们紧紧地扭绞在一起……①

当然，最后的结局惨烈，三个日本陆战队员举起南方人，把他从窗口摔下去。原谅笔者大段引述，不引述不足以表达内心之悲壮、苍凉与决绝。这些报告文学真实地、激烈地记述，令人无法沉寂，久久不能平静，在抗战时期，起到激发民心、同仇敌忾、无畏杀敌的作用。碧野的《滹沱河夜战》、阿垅的《斜交遭遇战》、周游的《冀中宋庄之战》、舒群的《祖国在炮火中》、刘白羽的《英雄的四平街保卫战》等都从不同的角度，记述了军民英勇无畏、与敌决战的战斗或者拼杀场景。《新华日报》（1938年3月27日）曾发表社论，对这一时期的报告文学做过高度的评价："无数的通讯，无数的报告文学，把战士的英雄姿影，把炮火下的战区的惨象，把无数千万受难同胞，无数千万救亡队伍的面影，深深地印入了全民大众的胸臆，鼓起了大众舍身杀敌的勇气，加强了大众最后胜利的信心。"

救亡的同时，我们可以观察到报告文学中的启蒙的光亮，一方面，是民族意识的启蒙与觉醒。民族意识的觉醒是逐步的，中国民众隐忍、简单、质朴、善良，然而日本侵略者的入侵，彻底打破民众"日出而作，日落而息"的千年习俗，不再允许中国百姓平静地生活——杀人、放火、劫掠、强奸，这就逼迫得这个隐忍、宽厚的民族忍无可忍！民族意识、家国意识逐渐增强，成长为一种民族抗战精神。其中典型意识是"文艺大众化"，报告文学创作的大众化就是最好的案例，最有代表性的就是《冀中一

---

① 本书编辑委员会. 中国新文学大系: 1937—1949 报告文学卷 第十三集［M］. 上海：上海文艺出版社，1990：67.

日》的创作，《冀中一日》是1941年冀中抗日根据地发起的群众写作运动中产生的一部作品。当时的中共冀中区党委书记黄敬，冀中军区司令员吕正操、政治委员程子华等领导非常重视。经过热烈讨论，把《冀中一日》的"一日"确定在1941年5月27日这一天。于是，冀中干部、群众纷纷拿起笔书写这一天的见闻、实录等。后来，《冀中一日》经过整理，于1941年秋季油印出版，有三十余万字，分为四编："一、鬼蜮魍魉；二、铁的子弟兵；三、民主、自由、幸福；四、战斗的人民。"《冀中一日》的创作重要的是民众参与、提高认识、统一思想，极大地提高了民众参与的意识，增强了民众自觉的意识，使工农兵联合的思想深入人心。参加了《冀中一日》编写工作的孙犁在《关于"冀中一日"写作运动》里对其意义有过这样的阐述："《冀中一日》为名副其实的群众文艺运动，影响至巨。从此提高了人民对文学的认识，对写作的认识，对现实的认识者至大。许多有才能的写作者亦由此发现。《冀中一日》不能以美学去衡量，不能选择出多少杰作。其意义并不在此；其意义在于以前从不知笔墨为何物，文章为何物的人，今天能够执笔写一、二万字，或千把字的文章了。其意义在于他们能写文章是与能作战，能运用民主原则，获得同时发挥。"[1]这与之前的1936年"中国的一日"，1938年"五月的延安（取其中一日）"活动相呼应，体现了文艺要为工农兵服务的思想，体现了文艺大众化的方向，与毛泽东1942年《在延安文艺座谈会上的讲话》的思想方向是一致的。

另一方面，是人类反战意识与人性意识的觉醒。我们观察人类反战意识与人性意识的觉醒——人性中的光辉，这是以往我们

---

[1] 郭志刚，章无忌. 孙犁传 [M]. 北京：北京十月文艺出版社，1995.

甚少注意到的，而恰恰是这样一点一滴的意识的力量，积攒成澎湃的民族意志，成为战胜日本军国主义者的重要精神来源，正如毛泽东所说"星星之火可以燎原"，不能小视民众的力量，团结起来，就是燎原大火。

在众多报告文学作品中，观察日本侵略者成为一个独特的角度，能够唤起读者对人性的思索和对战争的反思。美国人鲁恩·本尼迪克特在《菊与刀》中描述了日本人矛盾的性格和存在方式：

> 刀与菊，两者都是一幅绘画的组成部分。日本人生性极其好斗而又非常温和；黩武而又爱美；倨傲自尊而又彬彬有礼；顽梗不化而又柔弱善变；驯服而又不愿受人摆布；忠贞而又易于叛变；勇敢而又懦怯；保守而又十分欢迎新的生活方式。美国一贯追逐强大，日本则一贯重视非物质资源。日本人说，精神就是一切，是永存的。物质当然也是不可缺少的，但那却是次要的，瞬间的。①

王向立在《延安日本工农学校》中写道，晋东南"觉醒联盟"的来电：

> 日本工农学校开学日电讯传来，使我们如获嘉音，……在三年多的抗战中，由于中共的正确政策及其切实执行，业已引导着几百个日本被压迫工农士兵走上革命的道路，……日本工农学校的创立，给了我们无限的鼓舞，它将是吸引前线穿着军服的日本工农走向革命道路的核心，敝联盟曾派数

---

① 鲁恩·本尼迪克特. 菊与刀 [M]. 廖源，译. 北京：中国社会出版社，2005：2.

十会员来贵校学习，今后当以更大的努力，号召更多的日本
士兵前来……①

这些作品都从人性的角度思考如何唤醒人心中光亮的部分，
使错误的投向正确的，使失道的投向得道的，使非正义的投向正
义的，使退步的投向进步的。毛泽东在《论持久战》中说，"中
日战争将改造中日两国；只要中国坚持抗战和坚持统一战线，就
一定能把旧日本化为新日本，把旧中国化为新中国，中日两国的
人和物都将在这次战争中和战争后获得改造。我们把抗战和建国
联系起来看，是正当的。说日本也能获得改造，是说日本统治者
的侵略战争将走到失败，有引起日本人民革命之可能。日本人民
革命胜利之日，就是日本改造之时。"②毛泽东说中国抗日战争是
正义的、进步的，进步的、正义的战争必胜；中日两国都将在战
争中得到改造，事实也是如此。

三

历史在书写的过程中，由于视角、立场、证据的不同，往往
与真实情况差距很大，甚至一些事件显得扑朔迷离、疑点重重。
而报告文学以记述性和史实性成为记载历史的重要文献。所以，
抗战时期的报告文学，在某种程度上可以成为我们今天观察历史

---

① 本书编辑委员会. 中国新文学大系：1937—1949 报告文学卷 第十三集 [M].
上海：上海文艺出版社，1990：383.

② 毛泽东. 论持久战 [M] // 毛泽东. 毛泽东选集：第2卷. 北京：人民出版社，
1991：457.

的直接窗口，成为我们了解历史的"档案材料"。

20世纪三四十年代，报告文学成为一种历史的"档案"，较为真实地记录了抗战的一幕幕场景。九一八事变和卢沟桥事变之后，有关抗战主题的报告文学，有一些近似于新闻通讯的写法。其中，匡幼衡编的《倭寇残酷行为写真》（武昌，战争丛刊社，1937），中国国民党浙江省总部编的《日军铁蹄蹂躏下之血迹》（1933），社会与教育出版社编的上海新生命书局出版的《闸北的苦战》收录了报告文学《闸北的苦战》（张却来）、《有龙江犒师记》（高葆光）、《战区的凭吊》（《大美晚报》），还有国外记者的记录文章，如《满洲地平线一瞥——中日事变前后的旅行断片》（日本，下村千秋）、《沪铁实纪》（美国，Randall Gould）等，对发生事件、情景做客观报道、描摹，不加分析和评论，但依然看到惨无人寰的惨况、令人发指的情形，如《倭寇残酷行为写真》里面《旧恨》中的《流不尽的浮尸》《铁蹄下的东北》《魔手下的平津》等，记述了日军的暴行、人民的惨痛生活。①卢沟桥事变以后，广大爱国人士和有识之士纷纷投入抗战洪流中，用笔如刀，用笔如枪。1937年8月5日，《中流》出版第二卷第十期为《抗敌专号》，发表《在龙王庙受伤的》（刘诚）、《到朝阳门去》（方宋）、《这几天在北平》（刘白羽）、《两周间》（澎岛）、《劳军记》（漪嘉）、《救亡途中》（金芸）、《北平城内》（觉君）等七篇报道卢沟桥事变的报告文学，从不同角度反映中华民族的抗战救国、民族危亡的情状。在记者群体中，范长江、陆诒、小方是最为有力的报道者。范长江的《卢沟桥畔》《血泪平津》等战地通讯多有细节描写，而且是战地采访。陆诒的文章以独特的视角、

---

① 王向远. 中国百年国难文学史：1840—1937［M］. 上海：上海人民出版社，2010：196.

细致的观察、见微知著的思考，凝聚着责任感和反思。小方（方大曾）的报道以图文并茂著称。1936年，他的《宛平之行》《冀东一瞥》对卢沟桥局势具有预判性；他的《卢沟桥抗战记》《保定以南》《从娘子关到雁门关》《血战居庸关》都具有较大影响。1937年9月18日之后，最后一篇通讯《平汉线北段的变化》发出之后，这位战地记者就不知所终。陆诒称他为"抗战初期第一个在前线采访中为国捐躯的记者"。①这些记者深入险境、不顾安危，用自己的身躯和生命，去记录战争，去反抗战争，在抗战的历史上留下重重一笔。

20世纪三四十年代，参与抗战，以笔为旗，冲锋陷阵的报告文学创作者数不胜数。所有的人成为同一战线的力量，投身一场民族与国家的救亡之中，尤其是知识分子，虽然个体的自由、习惯与时代的呼唤、需求存在差异，他们宁愿失去自我，成为民族的相同的"一分子"，但在抗战时期，报告文学所需要的诉求是具有阶级立场与时代特征的。李泽厚对这一段史实有这样的描述："在艰苦的革命战争环境下，知识者和文艺家的'我'溶化在集体战斗中的紧张事业中，没有心思和时间来反省、捕捉、玩赏、体验自己的存在。他（她）们是在严格组织纪律下，在领导和被领导的协同和配合下，进行活动和实现任务的。……他们远不是自由的个体，也不只是文艺创作者，而更是部队的秘书、文书、指挥员、战斗员和领导农民斗争的'老张''老李'（干部）。"②而另外一些知识分子，则处于另一种境地，如抗战时期的周作人，委身于日伪政权下苟活，东北土地的沦丧并没有惊醒

---

① 王向远. 中国百年国难文学史：1840—1937［M］. 上海：上海人民出版社，2010：213.

② 李泽厚. 中国现代思想史论［M］. 合肥：安徽文艺出版社，1994：248.

一些知识分子的民族之心。王富仁所说，"它（沦亡的东三省）不仅被当时的政治统治者作为换取整个国家政权的暂时安定的牺牲品，同时也被当时很多知识分子当成了换取自己幽默、冲淡、中庸、平和、节制、优雅、宽容、大度、静穆、尊严、和谐、完美的文化形象的牺牲品。他们都默认了日本帝国主义侵略的现状为前提的。"①但是绝大多数知识分子还是放弃个人安危、放弃个体追求，而把自己的全部命运投身到抗战大业中。丁玲《彭德怀速写》、萧三《续范亭先生》、舒群《西线随征记》、沙汀《老乡们》、杨朔《毛泽东速写》、何其芳《要听朱总司令的话》等，为我们记录下抗战时期解放区领导人的形象、乡亲们的苦中作乐的举动。

我们无法还原历史，但报告文学的真实性、记述性使我们得以钩沉，得以清晰阅读到历史原貌。一是和尚抗战、乞丐抗战都实有其事。周立波的《"他们出了家，但并没有出国"》记述了五台山和尚与喇嘛参加抗战的史实。"在边区军政民代表召开大会之际，发来贺电：晋察冀边区军队司令聂，政治主任宋，并转大会各代表钧鉴：……本会等谨率全体蒙藏善男信女及青黄两庙僧众，愿忠实接受这个政府之领导，抗战到底。并愿尽可能联合蒙藏人民即各方僧众，团结一致，驱逐倭奴出华北出中国，特此敬贺。"②沙汀的《老乡们——敌后见闻琐记》记载了一次在绥远捐鞋的大会上，有这样一个细节："这时一个乞丐，胡须苍白，脑袋看来像个棕树根头，他挤将进来，请求同志们等一等，他有

————————

①　王富仁．三十年代左翼文学·东北作家群·端木蕻良：之一［J］．文艺争鸣，2003（1）：35-39．

②　本书编辑委员会．中国新文学大系：1937—1949 报告文学卷　第十三集［M］．上海：上海文艺出版社，1990：131．

一双捡来的旧鞋，是可以捐出的……果真带着一双棉窝子鞋。"①
二是国际友人的加入，鼓舞了士气，提高了抗战的能力，促进了
抗战的胜利。马寒冰的《印度救护队访问记》、周而复的《诺尔
曼·白求恩断片》如实记述了国际友人不远万里、跋山涉水与中
国人民一同抗战的故事。

　　总之，抗战时期的报告文学是重要的宣传武器、传播力量，
鼓舞人心、激发斗志，其历史作用是巨大的，具有不可低估的文
学、史学、社会学、人类学、政治学意义。报告文学的巨大成
就、空前影响都不是一蹴而就的，历史在今天仍然回响着其振聋
发聩的声音，虽然其在文学性方面、在艺术性方面也有不足之
处，但都瑕不掩瑜。限于篇幅，并没有在语言艺术、结构模式、
写作手法等方面对抗战时期的报告文学进行深入的分析和探究，
而是着重于启蒙与救亡的双向影响，着力于历史和真实的文学记
述，这也从一个侧面考察了抗战时期报告文学的内容与思想，从
而为未来的系统性、全面性、条理性的研究和梳理提供了可能。

---

①本书编辑委员会. 中国新文学大系：1937—1949 报告文学卷 第十三集［M］.
上海：上海文艺出版社，1990：291.

叙事与形式

——长征诗词歌的叙事话语与形式建构

　　长征诗词歌是长征中重要的文学样式，无论是宏大的宣传、传播的政治属性，还是具体的抒情、记叙的艺术属性，都符合其特定的模式和时代。亚里士多德说："诗人的职责不在于描述已发生的事，而在于描述可能发生的事，即按照可然律或必然律可能发生的事。历史家与诗人的差别不在于一用散文，一用'韵文'……两者的差别在于一叙述已发生的事，一描述可能发生的事。"①长征诗词歌是用"韵文"叙述"已发生的事"，而且这一事件震撼世人、影响深远，在历史上留下深深的印痕。埃德加·斯诺说："这是一次丰富多彩、可歌可泣的远征……冒险、探索、发现、勇气和胆怯、胜利和狂喜、艰难困苦、英勇牺牲、忠心耿耿，这些千千万万青年人的经久不衰的热情、始终如一的希望、令人惊诧的革命乐观情绪，像一把烈焰，贯穿着这一切。"②长征诗词歌如实地描摹和细致地雕绘长征的可歌可泣、丰富多彩，通

---

① 亚里士多德. 诗学 [M]. 罗念生，译. 北京：人民出版社，2000：28-29.
② 埃德加·斯诺. 埃德加·斯诺谈长征 [C] // 姜思毅. 长征大事典. 贵阳：贵州人民出版社，1996：2545.

过观察其复杂的叙事话语和多样的形式建构，我们能够细致地、认真地感触、抚摸这一伟大事件。

～ 一 ～

长征诗词歌从表象看起来简单、通俗，其实蕴藉丰富、包罗万象。抛却众所周知、耳熟能详的视角，还原到普通的"普罗大众"观察点，我们能够察觉到其中"人"的存在与"史"的彰显。美国著名的马克思主义理论家弗雷德里克·詹姆逊在谈到"艺术作品和政治意识"的关系时说："在霍兰德看来，艺术作品的精神功能必须以这样一种方式来描述：这两种不协调甚至不相容的审美喜悦的特性——一方面是它的愿望实现的功能，但另一方面是其象征的结构保护精神的必然性，使精神避免强有力的古老欲望和物质需求可怕的、具有潜在破坏力的爆发——应该以某种方式协调起来，像单一结构的孪生动机那样确定它们的地位。"[1]长征诗词歌的艺术性或者文化性是大众性、通俗性的，其愿望实现的功能和精神的功能在特定时期具有不可替代的作用，实事求是地观察和分析，其艺术性、文化性的诉求下降，而其传播性、鼓动性的需求增加，然而，作为艺术作品，其精神功能和历史价值却都仍然不同程度得以呈现。

长征诗词歌在当时的主要功能之一是宣传、鼓劲，但也或直接或间接地记叙了生活和历史。马克思在写作《路易·波拿巴的雾月十八日》时思考过这样的问题：人类创造着自己的历史，但

---

① 王逢振. 詹姆逊文集：3卷 文化研究和政治意识 [M]. 北京：中国人民大学出版社，2004：71.

并不是按照自己的意愿去创造的；并且也不是在由他们自己所选择的环境中创造的。①显然，这些革命者或者普通战士竭力表达自己的革命意志，更重要的是他们在创造着他们自己并不知道的历史——这种无法选择的艰难困苦的环境是任何人不愿看到也不愿选择的，但其大前提和基本诉求左右着普通长征者和主动长征者的命运，而只有在这种"玉汝于成"的环境和无法选择的情况下，长征者的行为和结果才被后人所"记忆"和追索，同时被经历者复述和后来者传播。长征之难，我们在或口述或回忆或小说记述中了解，而诗词歌如何表现艰难，我们知之甚少。《南北红军大会合》（1935）中唱："红军战士斗志昂，犹如猛虎与蛟龙。服从命令守纪律，整齐清洁讲卫生。"②为什么要有"整齐清洁讲卫生"呢？文后有注，经过长期艰苦征战，红军初到北方时，从衣裤到脸上，都是难堪的。用陕北群众的话来说："凄惶得很！"即穿得破破烂烂，白天不能在街上走，甚至避开人多的地方活动。可见当时的艰难困苦。歌词中的要求就不难理解。中央机关填词的《紧跟中央最光荣》（1936年秋）中有："任你草地无边大，任你雪山万千重。"彭加伦、梁必业填词的《中央红军长征歌》（1936年元旦）中有："十二个月长征，历尽险山恶水，……行程两万五千里，大小五百余仗。"组歌《山歌唱长征》（二十五）中有："牛皮鞋底六寸长，长征路上好干粮。开水煮来别有味，野火烧后分外香。两寸拿来煮野菜，两寸拿来做清汤。一菜一汤好花样，留下两寸战友尝。"这些叙述很简单、直接，但细

① C. 赖特·米尔斯. 社会学的想象力 [M]. 陈强，张永强，译. 北京：生活·读书·新知三联书店，2005：197.

② 部队编词. 南北红军大会合：1935 [C] // 姜思毅. 长征大事典. 贵阳：贵州人民出版社，1996：2294，2296. 以下引用诗、词、歌，如非特殊说明，皆出自《长征大事典》"长征诗词歌"部分，恕不一一注明。

细品味，动人心魂、惊心动魄，无法想象红军如何克服雪山草地、冲破万重难关，尤其吃"牛皮鞋底"的细节，听起来是欢乐，品起来是眼泪。美国新闻记者索尔兹伯里对长征曾经做过这样的比喻，他说："长征有如犹太人走出埃及，汉尼拔翻越过阿尔卑斯山。"但是后来他把这个比喻否定了，他说："长征是不可比拟的，长征是人类有文字记载以来最令人振奋的大无畏奇迹，是人类信念的丰碑。"[①]当然，也有一些诗词歌描叙长征中的普通生活场景，隐含在高亢的声音中，隐约有另一种意味。《这场喜事谁来办》（1935）中说："犁头下面开金花，锄头下面长粮棉。仓里谷，缸里面，芝麻油盐装满罐。男的干活哼小调，女的走路像风旋。"虽然是夸赞红军，但也间接表达了当时民众的基本生活诉求和精神希望。陈靖整理的《山歌唱长征》（1936）中的《一身碧翠真可爱》中有："长征路上'灰灰菜'，秆青叶蓝白粉盖。花籽累结绿悠悠，好像专为红军开。一身碧翠真可爱。"杨再吉的《江城子·离湘入黔》（1936）写道："温泉沐浴待来年，莫等闲，齐向前。"词歌中描叙的青草、蔬菜、温泉等，都可以隐约地感觉到战士短暂的休整、精神的放松，以及蕴含着对未来美好生活的向往。唯美的景物、生活的恬静，丰富着战士的想象和内心的渴望。长征诗词歌的记述性与史实性也是一个重要观察点。毛泽东的长征诗词的史诗性不需讨论，其他人的诗词歌也有表现。杨成武的《翻越夹金山》（1935年6月）："天空鸟飞绝，群山兽迹灭。红军英雄汉，飞步碎冰雪。"振奋人心，铿锵有力。还有他的《突破天险腊子口》（1935年9月），林伯渠的《初抵吴起镇》（1935年10月），萧克的《突破镇石封锁线》（1934年10

① 李琴. 论毛泽东长征诗词的史诗地位和经典意义［J］. 康定民族师范高等专科学校学报，2003（3）：29-32.

月）、《声东击西》（1935年湘黔边境行军途中）、《大战将军山》（1936年2月下旬将军山阵地）、《北渡金沙江》（1936年4月下旬金沙江北岸），都分别注明时间，一览题目，便知红军到达的方位、路途方向。诗词中表达了无畏艰难、无畏死亡的革命意志。萧克注释道："1934年8月，六军团奉命西征，十月进抵黔东镇远、石阡一带，山路崎岖，四面有湘、桂、黔省敌军二十四个团截击追堵，天上有飞机轰炸……经一昼夜苦战和急行军，突破了敌包围圈，我和全军战士方展笑颜。"[①]看似谈笑风生，其实时时与敌人在生死搏杀。《声东击西》中描述："声东击西行千里，戴月披星走夜郎。"表达古今一瞬，而今红军更有英勇的行为。《大战将军山》中刻画："将军山上槌金鼓，处女门前敌自纷。蓦地迅雷飞弹雨，将军山下立将军。""将军山"出现两次，但丝毫不影响诗风，却能够感受到大气磅礴之势。总之，萧克用自己的笔记录下的红军英勇之行为，可谓如毛泽东所说："俱往矣，数风流人物，还看今朝。"而不能不提及的是以57岁高龄参加长征的周素园，他是"抗日救国军"（贵州）司令，清朝贡生，民国元老，追随孙中山革命，曾经担任北洋政府秘书长，贵州省军政府总理。后因大革命失败，对国民党不满，回乡闭门不出。1936年，参加红二、红六军团长征。他在《春日抒怀》（1937年春）中写道："慈悲只是口头禅，遗臭流芳两漠然。祖国山河甘断送，吾曹兄弟苦颠连。前途展拓凭金革，大任担当要铁肩。可有还童真妙术？让余腾步学高骞。"表达了他对国民党不顾国家、让民众蒙受苦难的斥责之意，抒发老当益壮、为国向前的心志。当然，还有诸多记述的诗歌、曲词，如赵镕的《浪淘沙·过北盘江》

---

① 萧克. 突破镇石封锁线：1934年10月 [C] // 姜思毅. 长征大事典. 贵阳：贵州人民出版社，1996：2280.

（1935年4月）、张云龙的《草地行军有感》（1934年6月）、王诚汉的《破阵子·血战独树镇》（1934年11月26日）、杨再吉的《江城子·活捉张振汉》（1936年）、贺满姑长子熊瑾玎的《楚生长征》（1936年2月）等，分别记载了长征路途中的事件、战役、地点、人物等，这些珍贵的史料形成长征的图谱。

在宏大叙事和群体行为的环境下，内在情感的抒发与生活的万象融于其中。情感生活在人类生活中不可缺少，在特定环境下，却是需要人类能够克服或者忍受情感生活的缺失，在千难万险的长征途中，无论是亲情、爱情还是友情，都处于潜隐期，让位于炮火硝烟的人民战争、玉汝于成的民族大义，然而，这并不是说这些情感必然不表现。在长征过程中，青年男女之间的情感在艰难的路途上、险恶的环境中很难顺利达成，而这种情绪却弥漫在诗歌里。《马桑树儿搭灯台》中写道："马桑树儿搭灯台，写封书信与姐带，郎去当兵姐在家，我三五两年不得来，你个儿移花别处栽。马桑树儿搭灯台，写封书信与郎带，你一年不来我一年等，两年不来我两年捱，钥匙不到锁不开……"这首歌的背后是一个凄婉而坚贞的爱情故事：贺龙元帅的堂弟、"上马将军下马诗"的工农革命军第四军第一师师长贺锦斋在石门县泥沙镇战斗中牺牲，当时，他与妻子戴桂香刚刚新婚。由于二人相聚的日子短，没有子女，许多人曾劝戴桂香改嫁，她却一直拒绝。新中国成立后，渐渐老去的戴桂香住进了当地光荣院，光荣院离贺锦斋的坟墓只有几十米。她就经常去，默念"我等你"。①也有藏族情歌《喜依拉姆的倾吐》（佚名）、《心愿——一个藏族战士的恋歌》（佚名）等。叙述友情的诗歌词数量较少，但革命友谊的故

---

① 袁汝婷. 桑植民歌里的长征片段［N/OL］.（2016-08-25）［2023-04-10］. http://news.xinhuanet.com/politics/2016/08/25/c_1119455276.htm.

事却比比皆是。我们熟悉的毛泽东写的《六言诗·给彭德怀同志》，可以说是诉说二人革命友谊。《黔北拾句》（1935）中有这样的对句："（徐特立）打鼓新场喜闻新捷音，（李维汉）鸭溪老窖恭敬老先生。"这是二人饮酒和诗，也是战斗友谊的象征。谢觉哉的《让粮》（1936）更能让人感受到战争中的友谊："漠漠沮洳地，峨峨暴冻岗。是谁皆束腹，赠我竟倾囊。攀石如猿上，趋蓬似鸟藏。衣冠自缝缀，莫怪太郎当。"诗中篇首有云："要不是徐老让给我的那些粮食，也许我已经永久地躺在草地上了！"谢老1952年回顾在陕北保安完成这首诗时，感慨地说："比我大六岁的徐老，见我又病又饿，硬是把他的全部干粮给了我，我感动得流下了泪。"①这样的革命情谊故事在长征小说《七根火柴》（王愿坚）、《长征》（王树增）里都有所描叙，只是诗歌表现的不多或者留存的较少而已。更多的叙述是工农红军与群众的感情，这一类举目皆是。比较有特点的一首歌是《青红交打》（豫鄂陕苏区）（1935），如第二段："唱一个青的是青鞋，唱一个红的是绣鞋，高架起的是麻鞋，敲敲打打的是草鞋。奶奶灯下做布鞋，送给红军把路开。"全部歌词中分别是"青豆""滚豆""黄豆""小豆"，"青鞋""绣鞋""麻鞋""草鞋""布鞋"，"青桃""樱桃""葡萄""核桃"，"青门""楼门""窗门""衙门""彩门"，"青龙""火龙""蜂笼""灯笼"等意象，分别从粮食、穿着、果蔬、住所、娱乐等几个方面来比喻抒情，最后的归宿都落到所歌咏的事物，充满生活气息，具有极强的民间艺术魅力和较深的象征主义色彩。另一首是《十送红军》（桑植、鹤峰），其中"八送红军过小河，眼泪如梭有话难诉说。祝亲人旗开得胜，身心无恙

① 谢觉哉. 让粮: 1936 [C] // 姜思毅. 长征大事典. 贵阳: 贵州人民出版社, 1996: 2277.

人强马壮震山岳。……十送红军千里远，路途茫茫无奈日已偏。朝行夜宿多保重，杀尽白匪但愿亲人早日还。"这两段倾诉，既是祝愿红军，又有潜在的诉说，"眼泪如梭有话难诉说""路途茫茫无奈日已偏"表达了亲人难舍难离，生离死别的无奈和无助的情绪，祝亲人"身心无恙""朝行夜宿多保重"，这才是人间最深切、最深情的亲人嘱托，体现了炮火连天中的原初的亲情、自然的感情，昭示出革命大我中的"小我"的人性的熠熠光辉。

长征诗词歌中，凸显民族情绪与宗教文化，这种现象值得关注。诸多少数民族地区恰恰是长征经过的地区，如湘西苗族区、黔北川南土家族区、凉山彝族区、西康藏族区、宁夏回族区等，采用积极有效的民族政策，既保证了顺利通过，又与各个民族结成深厚友谊。同时，民族地区宗教力量也是巨大的群体力量，合理化、最大化地融合、团结宗教力量，促动红军顺利前行和形成有益的保障。首先是民族情感的极大交融，甚至是爱情的萌发。如《留下吧，红军》（西康阿坝）："从远方来的亲人和朋友，下场来吧同跳锅庄舞。尽情跳吧，尽情唱，看着我啊，不要总看脚步。如果你要走的话，等山上的太阳出来再走！等草原上的露水干了再走！等桥索上的霜化了再走！"民歌充满了浓烈的感情和丰富的情绪，也尽情绽放了硝烟炮火中少数民族克服压力、不畏艰难、乐观的浪漫主义精神与革命主义精神。《望雪山想红军》（西康巴安）以"格桑花"自喻，以"红太阳"喻红军，表达藏族民众与红军的鱼水之情；《纳西儿女心》用"最贵重的金沙""最奇美的青铜"喻"最深厚的情感"，表达对红军的感情，简约质朴、晓畅自然；《锅庄之歌》（云南中甸）表达藏族人对贺龙部队的欢迎；《怀念红军》（西康甘孜）表达对红军北上的欢送和怀念。《活佛思念红军》（格达，1936年冬）："祥云出现在天空，红旗布满了大地。未见过如此细雨，最后降遍大地。啊，红军，红军！今朝离去，何日再回？"格达活佛法名洛桑登真·扎巴他耶，出生于甘孜县。七岁转世为格达四世灵童，定为白日寺五世活佛。在长征岁月里，成为朱德的朋友。宗教的力量是物质的力量，更是信念的力量、是精神的力量。英国传教士R. A. 勃沙特在1934年被红六军团俘获，后被释放。1936年4月12日是星期日，是西方的复活节，红军释放勃沙特，宣传队把他送到昆明城北的一个村庄。①被释放后，他写下《我洒下深情的泪珠》（1936年8月）："感谢'被捕'，我的心得到了基督徒的爱。友谊及血的联结。超过世间的一切。面对'先贤'，我把炽热的祈祷倾吐。恐惧，希望，追求，我得到宽慰和鼓舞。我们患难与共，我们共勉负责。为那珍贵的互助，我洒下深情的泪珠！"真挚的情感、患难的友谊、珍贵的互助，长征中红军带着勃沙特跋涉数千里，然后把他安全送走，勃沙特所说"恐惧，希望，追求，我得到宽慰和鼓舞"，充分表明他的心迹历程。艾青在《我爱这土地》中说："为什么我眼里常含泪水？因为我对这土地爱得深沉……"二者表达的感情不同，但"泪水"都是激动的，都是那样真挚、那样炽热。无论是民族力量还是宗教力量，观察长征诗词歌，感受到文学记述是社会现实呈现的美和真，体察到叙事话语昭示出的融合的力量、成长的力量、群体的力量。

---

① R. A. 勃沙特. 我洒下深情的泪珠：1936年8月［C］// 姜思毅. 长征大事典. 贵阳：贵州人民出版社，1996：2309.

❧ 二 ❧

长征诗词歌的形式丰富，类型多种多样，样式通俗易懂。毛泽东、朱德、陈毅、林伯渠、谢觉哉、张爱萍、杨成武、萧华、伍修权等革命家的五言律诗、七言律诗或者词中对长征的记述，表现了他们深厚的传统文化底蕴和极大的革命豪情。当然，更多大众化、通俗化的传单诗、标语诗、墙头诗、宣传诗、鼓动诗、朗诵诗等诗词歌形式也值得关注。

诗词歌的样式丰富，古典与现代交融，高雅与通俗同在。长征诗词歌有毛泽东的《七律·长征》《清平乐·会昌》《忆秦娥·娄山关》《念奴娇·昆仑》等，也有张爱萍的《西江月·遵义大捷》、赵镕的《浪淘沙·过北盘江》、李真的《渔家傲·过岷山》、王诚汉的《鹊踏枝·哭吴焕先》等古典诗词形式的诗，也有陆定一、萧向荣等填词的《渡金沙江》（《军人争气歌》调）。一方面，古典诗词的形式，如律诗的格式、词的曲牌被使用得最多，耳熟能详；另一方面，"大众化"的歌谣也较多被民众熟悉，如红十五军团程坦等根据毛泽东制定的"三大纪律八项注意"改编的《红色军人三大纪律八项注意歌》更是妇孺皆知，传唱至今。如此林林总总、形形色色，"窥一斑而知全豹"，长征诗词歌可以明晰反映部队整体的文化素养和文学底蕴，也折射出战士普遍文化水准偏低和战争途中匆忙的草创作品的现实状况，然而，长征的宣传气势与荡气回肠的向前力量却闪耀着灼灼光辉，体现了长征途中强大的宣传力量和坚强的精神力量存在的必要性、重要性。

同时，各种通俗性、群众性的歌谣体的形式"层林尽染"、扑面而来，引人思考：刘鹏编词的《娄山赏风景》（京剧《空城计》调），李伯钊、易世钧等填词的《歌唱安登榜》（《奋斗曲》调，1936年7月），陆定一、李伯钊、陈靖等填词的《打骑兵歌》（传单诗，1935年到1936年），部队填词的《陕甘支队歌》（《打倒列强》调，1935年9月），红一方面军编词的《会师歌》（《上前线》调，1936年10月），红二方面军编词的《欢庆大会合》（《渡金沙江胜利歌》调，1936年10月），张闻天、陆定一、危拱之填词的《团结地久天长》（苏格兰民歌调，1936年秋），陈靖填词的《长征红军又到啦》（儿歌，1936年秋）、佚名《萧克军》（苗族歌谣，1934年9月）等。除却这些古今中外的曲调，还有朗诵诗、打油诗、传单诗、标语诗、墙头诗、宣传诗、渔鼓词等，曲词丰富、样式繁多，四六句亦可，五八句亦可，凡能入诗，皆可入诗，这种全方面、多角度、大力度的宣传，起到知民意、入民心、鼓士气、增气势的作用。如朗诵诗《"八一"献礼》（朗诵诗，1936）："今天是'八一'，快快来献礼。礼物是什么？……打到西北去。身健心欢喜，欢喜真欢喜，去见毛主席！"充分表达了群体的情感和群体的情绪。朱自清在《论朗诵诗》中说："朗诵诗是群众的诗，是集体的诗。写作者虽然是个人，可是他的出发点是群众，他只是群众的代言人。他的作品得到群众当中朗诵出来，得在群众的紧张的氛围里成长。"[①]朗诵诗增加了群众的力量，使得作品在"群众的紧张的氛围"中逐步传播、成长。

　　艺术形式必然是作品的组成要素，无论是叙事诗还是歌谣体。1935年，蒲风所作的长篇叙事诗《六月流火》，对长征进行

① 王元忠. 艰难的现代：中国现代诗歌特征性个案研究［M］. 北京：中国社会科学出版社，2007：213.

了描述。诗人豪放地大胆放歌：

> 铁流哟，到头人们压迫你滚滚西吐，
>
> 铁流哟，如今，翻过高山，流过大地的胸脯，
>
> 铁的旋风卷起了塞北沙土！
>
> 铁流哟，逆暑披风，
>
> 无限的艰难，无限的险阻！
>
> 咽下更多量数的苦楚里的愤怒，
>
> 铁流的到处哟，建造起铁的基础！

　　郭沫若于1936年春与蒲风谈话时，说过："至于《六月流火》，虽无主角，但也有革命情调作为焦点。其咏铁流一节可以把全篇振作统率起来。结尾轻轻地用对照法作结，是相当成功的。"（《郭沫若诗作谈》，刊《现世界》创刊号，1936年8月16日出版。）我们可以看到，文中用比拟手法来描摹长征，大概是叙述长征的最早诗篇之一。而这种诗歌大众性已经融入艺术性、音乐性。[1]音乐性得到体现，许多歌谣体都呈现激昂、铿锵的音调，以配合朗诵、歌咏、合唱。徐特立、陆定一写的《红军到，干人笑》（墙头诗，1935年5月）："红军到，干人笑，绅粮叫；白军到，干人叫，绅粮笑。要使干人天天笑，白军不到红军到。"这三首歌谣体分别压"an""a""ao"韵，响亮迸发、声波遥远，既有利于传唱，又合乎乐音。字数上有四言、五言、六言、七言甚至变体等，易记易背易传诵。郑位三的《红军所向，抗日北上》（宣传诗）："老乡老乡，不要惊慌。红军所向，抗日北上。

---

　　[1] 周晓风. 新诗的历程：现代新诗文体流变1919—1949 ［M］. 重庆：重庆出版社，2001：271.

借路通过，不进村庄。奉劝乡亲，不要阻挡。"陈靖整理的《过乌江》（标语诗，1936年2月）："远看像根索，近看鸭池河。敌人拼命堵，老子硬要过。"这些歌谣语言通俗易懂、道理明白晓畅，采用类似《诗经》中诗的节奏、韵律，达到广泛传诵、人人皆知的效果。这一类歌谣体还有部队编的《红军崖壁诗》（打油诗，1934年），金如柏的《湘鄂川黔驰纵横》（鼓动诗，1935年元月），红四方面军总政治部编写的《建立政府》（传单诗，1935年5月）、《扩大红军》（传单诗，1935年5月）等。

陈靖整理的《山歌唱长征》共64首，以之为例分析艺术形式。起篇是这样介绍：这三组山歌，是三大主力红军会合北方之后的产物。1936年冬至1937年春的半年中，"无人不会唱山歌"的江南红军战士们，面对生疏的生活环境，为了自寻"文化娱乐"，一有机会聚到一起，就自编自唱起来。这组山歌一是"散歌对唱"，既是"散歌，意即随意唱，也称杂歌。不计内容，不要'歌母'，不拘形式。四句、八句、十二句都可以。老歌、新歌、即兴歌听便。对唱，就是一人一首地唱，也可以叫轮唱，轮到每个人的面前时，都要接着唱，不能'冷台'"。[①]二是排歌联唱，"排歌"就是每一首歌的第一句，必须是一个固定的意思（即歌母），如这里的第一句总离不开"长征"二字。在对歌场中，讲究连唱几天几夜不变歌母，直到难倒对方为止。三是"十二月长征歌"，这组十二月长征歌，是红二方面军的指战员唱的。它的内容及时间地点，反映红二方面军从湖南桑植继续长征的情况。

这三组山歌主体形成在长征末期，长征的会师使艰苦的跋

---

① 陈靖. 山歌唱长征 [C] // 姜思毅. 长征大事典. 贵阳：贵州人民出版社，1996：2315-2317.

涉、困苦的徒步都变成了可以品味和回忆的精神食粮，所以，这种"自我娱乐"的歌谣更多地伴有欢乐的色彩，带有娱乐的情感。最大功用大概在于伴舞或者欢娱之用，如第一组"散歌对唱"中的《二十七》：

> 边吃野菜边唱歌，唱着山歌出包座。山歌越唱越想唱，越唱心中越快活！唱的草地热浪滚，唱的山花满山坡。唱的天空雨雾散，唱的江河笑呵呵。唱的敌人到处藏，一步长征一支歌。

明显与长征初期的紧张、严肃的气氛不同，其中的事物、景物都已经可以轻松、愉快地呈现自然的氛围，比如草地"热浪滚"、山花"满山坡"、天空"雨雾散"、江河"笑呵呵"，拟人、比喻都次第出现，而且歌伴舞、舞伴歌互相促动，可以感觉到兵心振奋、士气旺盛。在第三组"十二月长征歌"中的第十三段里，唱到"十二月来更欢喜，结队会见毛主席。难忘中央联欢会，西安又传好消息！"时，特意注明"一九三六年十二月初，毛主席、周副主席和林伯渠等中央首长，特意接见了二方面军的同志。当晚还开了欢迎朱总司令和二方面军同志的联欢会。会上中央首长也表演了节目，周副主席讲了一个关于'龙'的故事，朱总司令还跳了一个藏民舞。"①我们可以注意到，"朱总司令还跳了一个藏民舞"，可以想见当时的氛围的轻松和气氛的欢快，所以歌是随意的也是轻松的，是娱乐的也是纪实的，众人载歌载舞、欢声笑语，也直接表现了当时将士和谐的氛围和长征胜利的

---

① 陈靖. 山歌唱长征 [C] // 姜思毅. 长征大事典. 贵阳：贵州人民出版社，1996：2315-2317.

巨大喜悦。

～ 三 ～

我们观察这些诗词歌，数百首中有半数以上应该是集体创作或者佚名的。如果我们仔细探究非个人创作或者个人创作的作品所呈现的形式和状态，就会大致理解其存在的缘由，以及存在状态和可能形式。

最主要的一类是佚名，不知何人所作，如《炮火连天响》、《红军胜利歌》（《第四次反"围剿"胜利》调）、《战旗歌》（川滇黔苏区）、《初听到的陕北歌》、《青红交打》（豫鄂陕苏区）、《萧克军》、《心愿——一个藏族战士的恋歌》、《锅庄之歌》、《喜依拉姆的倾吐》（藏族情歌）等，这一类诗词歌多流传甚广、传播甚远，文学样式本身属于喜闻乐见，便于传唱或者传播，无法考证其作者；同时，有的诗词歌本身符合个人创作，但属于集体改编，经过不断修正、改编，已经"一传十、十传百、百传千"，最后改编为大众性、通俗性的类型。第二类是部队填词或者编词，如"部队填词"的《为开创黔北苏区而奋斗》、《陕甘支队歌》（《打倒列强》调）；"部队编词"的《行军鼓动词》《南北红军大会合》，红一方面军编词的《会师歌》（《上前线去》调），红二方面军编词的《欢庆大会合》（《渡金沙江胜利歌》调），红四方面军编词的《会师万岁》。部队这种集体行为应该属于职业需要，调动战士积极性、能动性，促动革命的精神和意志。第三类是个体或单位整理或者编排的，如魏文建整理的《华阳建起苏维埃》、陈靖整理的《山歌唱长征》等。

首先，我们观察佚名现象。佚名是遗失或者流传过程中无法找到作者，在长征途中随时可能发生诗情迸发的情形或者个体行为，一是个体行为存在的不确定性、流动性和伤亡性。个体是不确定的，随写可能就随时失去，而流动和伤亡使得被记录和传播的可能性更小。二是他人记载或者传播的可能性。能够在转移、搏杀、战斗的过程中记载或者记录，而且被印刷的可能性实在微乎其微，但是却仍有被记录的可能，因为"长征是宣传队，长征是播种机"，革命需要诗词歌，所以，有合适的、革命的、激昂的诗词，"唱者无意、听者有心"，传唱甚广。更因为这些作品的传播都是以民众、士兵为接受对象，所以潜在的或者明显的受众群体是"工农兵"，正如郭沫若（1948）所说："今天的诗歌必然要以人民为本位，用人民的语言，写人民的意识，人民的情感，人民的要求，人民的行动。更具体的说，便要适应当前的局势，人民翻身，土地革命，反美帝，挖蒋根而促其实现。"①虽然言说时期不同，但对诗词歌特定对象来说，目的基本一致，长征诗词歌的群众性、人民性、集体性使其佚名的可能性大大增加，所以，"佚名"就是其最大的现实特征和特定属性。

其次，我们注意到集体填词或者整理、编排作品现象。部队填词、整理、编排作品现象属于群体行为，古斯塔夫·勒庞在《乌合之众——大众心理研究》中谈道："正是群体，而不是孤立的个人，会不顾一切地慷慨赴难，为一种教义或观念的凯旋提供了保证；会怀着赢得荣誉的热情赴汤蹈火……这种英雄主义毫无疑问有着无意识的成分，然而正是这种英雄主义创造了历史。如果人民只会以冷酷无情的方式干大事，世界史上便不会留下他们

---

① 郭沫若. 开拓诗歌新道路 [C] // 郭沫若. 郭沫若谈创作. 哈尔滨：黑龙江人民出版社，1982：68-73.

多少记录了。"①这种群体的力量放置在文学世界的范围内，则是巨大的创作力量和不可压抑的情绪，革命的环境、战斗的氛围、无穷的斗志等都促动诗词歌的批量产生；各个部队之间还有着互相竞争、比赛的状态，多数部队形成了自己的诗词歌，如《陕甘支队歌》（《打倒列强》调）、红一方面军编词的《会师歌》（《上前线去》调）、红二方面军编词的《欢庆大会合》（《渡金沙江胜利歌》调），各具特色，各有曲调。

　　另外，个体整理、编排的诗词歌也是基于群体创作，也是集体的力量、群众的智慧。蒋光慈在《关于革命文学》里提出："革命文学应当是反个人主义的文学，它的主人翁应当是群众，而不是个人；它的倾向应当是集体主义，而不是个人主义。——革命文学的任务，是要在此斗争生活中，表现出群众的力量，暗示人们以集体主义的倾向。"②政治需要、斗争需要、革命需要，这种简单、质朴、通俗的诗词歌能够轰轰烈烈、妇孺皆知，的确是特殊时代、特殊时期的特定艺术产品。

　　长征诗词歌的绚烂与丰富、简单与复杂都是历史的印痕和记忆的缩影。长征的波澜壮阔、浩瀚苍茫筑造成民族的一道雄浑、粗粝的崖壁风景，而其或记录或描摹或颂唱或曲笔，文学或类文学留下的是长征的侧影。

---

　　①古斯塔夫·勒庞. 乌合之众：大众心理研究［M］. 冯克利，译. 北京：中央编译出版社，2004：19.

　　②蒋光慈. 关于革命文学［N］. 太阳月刊，1928-02-01.

合唱与隐潜

——文学史视域下的《讲话》[①]

文学史是传承文化与输出知识的公众载体，是意识形态与民间意志共同建构的传播工具。勒内·韦勒克、奥斯汀·沃伦在《文学理论》里指出："在文学史中，简直就没有完全属于中性'事实'的材料。材料的取舍，更显示对价值的判断：初步简单地从一般著作中选出文学作品，分配不同的篇幅去讨论这个或那个作家，都是一种取舍与判断。甚至在确定一个年份或一个书名时都表现了某种已经形成的判断，这就是在千百万本书或事件之中何以要选取这一本书或这一个事件来论述的判断。"[②]文学史作为一种"知识谱系"，比较稳定、相对传统，具有稳中求变、变中求新的特征和意识，其对文学思潮、社会现象、文学作品的选取、评述和传播，其实是"再生产"、"再加工"和"再传播"，很少是按照"中性"材料来叙述、阐释和思考，几乎都强调所认同的价值、判断的标准和编修的谱系。毛泽东的《在延安文艺座

---

① 此处指1942年5月毛泽东同志在中共中央召开的文艺座谈会上的讲话。

② 勒内·韦勒克，奥斯汀·沃伦. 文学理论 [M]. 刘向愚，邢培明，陈圣生，等译. 南京：江苏教育出版社，2005：33.

谈会上的讲话》（以下简称《讲话》）在进入1949年以来的几乎所有的中国现当代文学史中，虽然都占据重要位置，但是进入方式、选取角度、评述判断各不相同，甚至迥然相异。

～ 一 ～

1949年以后，我国开始修撰、编写20世纪中国新的文学史，各种版本、名称、年代的文学史，包括"现代文学史""当代文学史""20世纪中国文学史""民国文学史"等，只要涉及20世纪40年代，无不重点论及《讲话》及其对文学生态、生产形式、传播方式等的影响。

毛泽东的《讲话》是中国20世纪文学中非常重要的文艺文献、社会文献和历史文献。新中国成立之初的文学史基本都以毛泽东的《讲话》作为撰写、编修的逻辑起点、价值取向与思想依据。包括丁易的《中国现代文学史略》（1955）、张毕来的《新文学史纲（第一卷）》（1955）、刘绶松的《中国新文学史初稿》（1954）等，最重要的是王瑶的《中国新文学史稿》（1951、1953年），其中下册前，"内容提要"说明：

> ……下册自抗战开始叙起，第一部分叙至一九四二年毛主席《在延安文艺座谈会上的讲话》发表前为止，叙述抗战前期新文学发展的一般状况，以及重要的作家和作品。第二部分叙述自毛主席《在延安文艺座谈会上的讲话》发表至一九四九年中华全国文学艺术工作者代表大会以后所引起的人民文学事业的巨大变革，以及新的人民文艺的成长状况。最

后另附《新中国成立以来的文艺运动》一章，综述自新中国成立以后至一九五二年毛主席《在延安文艺座谈会上的讲话》发表十周年为止的三年间文学工作的一般状况。

从这样的话语表述和时间节点中，我们可以意识到《讲话》的重要性、权威性和根本性。王瑶认为，"在《在延安文艺座谈会上的讲话》中，毛泽东同志明确地解决了文艺是为什么人和如何为法的问题。……在延安文艺座谈会议后，解放区的许多文艺工作者都深入到群众中去，从而为作品带来了崭新的气息，显现了新的人民文艺的气派。"①他高度评价和肯定了《讲话》，把《讲话》作为文学史分期的界线，并且附注专门章节"综述自新中国成立以后至一九五二年毛主席《在延安文艺座谈会上的讲话》发表十周年为止的三年间文学工作的一般状况。"刘绶松在《中国新文学史初稿》中，以"《讲话》的伟大历史意义"为专章题目，认为《讲话》是"伟大、深刻的历史意义的文艺论著，是马克思列宁主义的文艺理论在中国革命文艺运动具体实践中的天才的运用和发展。……成为我国社会主义现实主义的文学艺术继续向前迈进的唯一指导方针"。②《中国新文学史初稿》中使用"天才""唯一"等较强的修饰词语来强化《讲话》的地位。其他文学史也遵循着同一种叙事模式、体系规范、话语系统，以《讲话》等为纲领、圭臬进行编著。这种规约和既定的解读与阐释使所有文学史编撰者都小心翼翼地解释当时的文学作品，"由于我们对《讲话》的精神理解不够，有些作品里还有反映的生活面狭窄，作家社会知识贫乏的现象。……由于我们对《讲话》的精神

---

① 王瑶. 中国新文学史稿：下册 [M]. 上海：上海文艺出版社，1982：556.
② 刘绶松. 中国新文学史初稿 [M]. 北京：人民文学出版社，1985：427.

理解不够，有些作品里还有图解生活或者浮光掠影的现象。……由于我们对《讲话》的精神理解不够，有些作品就存在着表现能力薄弱或者艺术技巧与生活内容脱节的现象。"①文学史的撰写者们甚至把文学作品的"缺点"之过和"不足"之处归罪于"我们对《讲话》的精神理解不够"。文学史的编撰模式和话语规范在当时的政治环境、社会环境下，从20世纪50年代到70年代，《讲话》的地位、权威逐步被推至无以复加、至高无上的程度。"毛主席这些光辉论著，特别是《在延安文艺座谈会上的讲话》，是马克思主义普遍真理与我国革命文艺运动具体实践相结合的典范，是我们党的文艺路线和文艺政策的思想与理论基础，也是无产阶级文艺革命的战斗纲领。……毛主席在这篇具有划时代的《讲话》中……全面、系统、深刻地论述了马克思主义文艺观。"②可以说，从1949年以后，到1970年左右，文学史中的《讲话》的历史地位、权威地位由肯定、认同逐步到不可撼动、至尊无上。

～ 二 ～

新时期以来，对《讲话》的解读、阐释进入新的阶段。"文艺为政治服务"的提法受到质疑，1979年，《上海文学》第4期刊载评论员文章《为文艺正名——驳"文艺是阶级斗争的工具"说》中指出："任何一个提法都只能适用于一定的对象、一定的范围；

---

① 唐弢. 海山论集 [M]. 北京：人民文学出版社，1979：40-42.

② 东北地区八院校文艺理论编写组. 马克思主义文艺理论基本问题 [M]. 沈阳：内部教材，1973：14.

在特定的对象和特定的范围内，某种提法具有真理性，超出了特定的对象和范围，真理就会变成谬误"；还开辟专栏进行讨论。1980年1月，邓小平在《目前的形势与任务》的讲话中明确表态：

> 我们坚持"双百"方针和"三不主义"，不继续提文艺从属于政治的口号，因为这个口号容易成为对文艺横加干涉的理论根据，长期的实践证明它对文艺的发展利少害多。①

社会逐步开放、文艺政策宽松，20世纪80年代，文学史对《讲话》的价值判断，引进辩证分析、考古求证的观点。其中，比较著名的唐弢、严家炎的《中国现代文学史（三）》认为《讲话》"发展了马克思主义文艺理论，在中国思想史和文艺史上都具有里程碑的意义"。②这些文学史基本秉承客观、公允的立场。不过，部分文学史仍然惯性地、自然地使用政治思维、政治话语，如对待王实味的问题：十四院校编写组编写的《中国现代文学史》（1981）论述《讲话》之后，单设一节——"对王实味的斗争"③；中南七院校编写的《中国现代文学史》（1979）也认为由《讲话》引发的整风运动，"给王实味的托派思想以有力的打击，提高了广大文艺工作者的马克思列宁主义理论水平和辨别能力，为贯彻文艺为工农兵服务的方向扫除了障碍"。④许志英、丁

---

① 尹康庄. 20世纪中国文学主流话语研究［M］. 北京：中国社会科学出版社，2006：65.

② 唐弢，严家炎. 中国现代文学史（三）［M］. 北京：人民文学出版社，1985：205.

③ 十四院校. 中国现代文学史［M］. 昆明：云南人民出版社，1981：585.

④ 中南七院校. 中国现代文学史［M］. 武汉：长江文艺出版社，1979：552.

帆认为，《讲话》发表以后，"任何知识分子一旦企图捍卫五四启蒙传统并保持其知识分子的'独立'身份，而不是对'无产阶级'或'工农兵'等'革命者'的身份进行认同，或者这种认同未能获得'革命'的体制化承认，必然被体制指认为'不革命'或者'反革命'而遭致严厉批评。"①文学史对《讲话》的理解和阐释，与社会时代、历史环境有着巨大的关系，文学史的编撰如何获得突破和有所作为的过程缓慢而艰难。

20世纪90年代，文学史的编撰进入活跃期、高质期。获得较大声誉的钱理群、温儒敏、吴福辉的《中国现代文学三十年》（1998），洪子诚的《中国当代文学史》（1999），陈思和的《中国当代文学史教程》（1999）在90年代末期或出版或修订。钱著认为：

> 尽管《讲话》也涉及文艺理论上的一些重要问题，但它所要解决的现实问题却是战争环境中党领导文艺运动的指导思想、基本政策。在当时的社会环境和历史条件下，它无疑具有正确性、权威性，并且起到了统一思想的作用。但毕竟来不及也没有可能充分考虑共产党统一全中国、变成执政党以后条件的变化，以及在变化了的条件之下，应该如何看待文艺、领导文艺，应如何对待文艺创作的主体——知识分子阶层等一系列重大问题。因此，在建国以后，《讲话》的一些本来只适于特殊历史条件的结论被任意引申推广，就难免产生了某些偏颇。②

---

① 许志英，丁帆. 中国新时期小说主潮［M］. 北京：人民文学出版社，2002：79.

② 钱理群，温儒敏，吴福辉. 中国现代文学三十年［M］. 北京：北京大学出版社，1998：462.

洪著认为，"考察当代文学的基本状况，不可能离开对毛泽东文学思想、文学政策的了解"，应把《讲话》融入毛泽东文学思想的整体框架中去观察。不过，洪著并不认同"一些批评家"的"毛泽东的文学思想，是马克思主义文学理论的组成部分，甚或是对这一理论的重大'发现'"，洪著认为，"实际情形是，马克思主义文学理论创始人的主张就存在差异，在后来的传播、接受、实践过程中，因民族、国家、政治文化等的不同，而有不同的阐释，出现不同的派别、路线，并引发激烈的冲突"。洪著认为，毛泽东既着重引述了列宁的《党的组织与党的文学》（1905），又有诸多不同。总之，笔者认为钱著和洪著依据以史为证、以史为鉴的客观的史学原则，分别对《讲话》作出自己的价值判断和个性的话语选择，同时体现二者的差异性，钱著展现风格为不遮不掩、点染史实、明晰直白，洪著则模糊中庸，有坚韧的断语也有含混的叙述。有学者说："洪著的突出特色，是它所具有的'史家'的心境、眼光和态度。……这种认识比80年代中期的那些著名主张，显然更为'成熟'、'理性'和'有效'。"①

三

21世纪以来，文学史家的经验更丰富、思路更多元、视野更广阔。各种文学史版本相互辉映、彼此观照，文学史更加趋向于个体性、独立性、多元性。文学史编撰成为一种文学热潮，也成为一种现象研究。"这种研究不属于思想史或科学史，它的目的

①程光炜. 文学史研究的兴起［M］. 福州：福建教育出版社，2008：54.

在于发现知识理论是在什么样的基础上成为可能的，是在什么样的知识系统中被构建的，究竟在什么样的历史先在假设条件下思想才会出现，科学才会确立，经验才会被反映进哲学，理性才会形成，而这一切（随着新的历史先在假设的出现）以后又会瓦解和消失。"①经验与理性、科学与思想成为编著者的思考词语与检验印证。

陈晓明的《中国当代文学主潮》（2009），孟繁华的《中国当代文学通论》（2009），王庆生的《中国当代文学》（2004），董健、丁帆、王彬彬的《中国当代文学史新稿》（2011），刘勇、邹红的《中国现代文学史》（2006），许道明的《插图本中国新文学史》（2005），崔明芬、石兴泽的《简明中国现代文学》（2011）等出版或者再版，都有不同程度的新意和新见。《插图本中国新文学史》认为，"毛泽东的《讲话》一样，既有久久的思考，又有短暂的需求，带着'有经有权'的色彩。"②许多学者认同这种看法，林伟民在《中国左翼文学思潮》一书中说："《讲话》作为毛泽东文艺思想经典，是左翼文论的最高典范，其历史价值诚如郭沫若所说'有经有权'。"③诸多文学史版本引用郭沫若对《讲话》"有经有权"④的提法，这具有非常重要的象征意味。李洁非等认为，《讲话》"本来是作为特殊时期特殊策略提出来的要

① 福柯. 事物秩序 [M]. 纽约：兰登书屋，1970：11-12.

② 许道明. 插图本中国新文学史 [M]. 上海：上海古籍出版社，2005：410.

③ 林伟民. 中国左翼文学思潮 [M]. 上海：华东师范大学出版社，2005：296.

④ 毛泽东很注意这些谈话和文章，看后对胡乔木说："郭沫若和茅盾发表意见了，郭讲，凡事有经有权。这个说法好，好！"胡（乔木）进一步解释道："有经有权，即有经常之道理和权宜之计。毛泽东之所以欣赏这个说法，大概是他也确实认为他的话有些是经常之道理，普遍规律，有些则是适应一定环境和条件的权宜之计。"参见胡乔木. 胡乔木回忆毛泽东 [M]. 北京：人民出版社，1994：58-59.

求，日后却变成了党关于文艺的不变的理论原则；本来旨在弥补策略性思维之不足的理论修饰，日后却脱离了其前提，被当成单独的权威论述。"①同时，他在分析了《讲话》的背景、环境和当时党的历史处境等状况后，认为："对我们来说，最不应该忽视的其实是毛泽东已经作出了无意使《讲话》的观点绝对化、永恒化、普遍化这样一种自我限定。"这种研究和判断对文学史的编撰构成提醒和召唤，更多的文学史以辩证统一意识和唯物主义观点阐释《讲话》。陈晓明在《中国当代文学主潮》中，以"革命文学"命名延安时期文学，认为"《讲话》确立了中国文学的性质、方向、任务与艺术风格，文学文化活动成为中国革命的一部分，文学与文化因此具有明确的革命意义"。②同时指出，"从革命文艺发展的历史来看，从来都是政治标准压倒了艺术标准，吞没了艺术标准。一旦政治具有优先性，它所具有的权威性质，就很难给艺术性留下多少余地"。孟繁华在《中国当代文学通论》中提出毛泽东"民粹主义"倾向，把《讲话》纳入"毛泽东文艺思想"中具体考察，认为"毛泽东对文艺社会效用的理解和要求，并不像马克思主义经典作家那样复杂，'在毛泽东的文学主张中，文学与政治的关系已被极大地简化；政治是文学的目的，而文学则是政治力量为达到自身目标可能选择的手段之一'"。③二者都加大了对毛泽东文艺思想分析的权重，同时强化了个性理解和理性阐释。

同时，国外学者的文学史对《讲话》的多重性解读和多元化

① 李洁非，杨劼. 解读延安：文学、知识分子和文化 [M]. 北京：当代中国出版社，2010：162.

② 陈晓明. 中国当代文学主潮 [M]. 北京：北京大学出版社，2009：7.

③ 孟繁华. 中国当代文学通论 [M]. 沈阳：辽宁人民出版社，2009：43.

阐释，使我们能够从"他者"视角重新认识《讲话》。夏志清在《中国现代小说史》中认为：《讲话》"成为共产党区域所有文艺工作者的新经典"。德国汉学家顾彬在《20世纪中国文学史》中认为，《讲话》"是一种战争美学，它总结时代精神，剔除了一切个人色彩。……其特征是形式的民族化和语言的军事化。……文学上的一体化既是自愿的也是引导的结果。它远超出了艺术领域。它同样触及貌不惊人的事物，譬如日常报刊中新闻的顺序，自我审查成了义务。并非所有人都心甘情愿地服从新的修辞学和独一无二的权威声音。"①这些文学史对《讲话》的论述和解读，虽然个别作者也许有政治上的攻讦和情绪上的对立，但基本都秉承中立的立场、客观的心态，这些观点促使我们可以从多角度、多侧面去理解和思考《讲话》的本质思想和史学意义。

纵观1949年以来的中国现当代文学史，在国内外出版的有百余种，对《讲话》的阐释和理解虽然不尽相同，但都认同《讲话》的经典性、权威性，有"文学史、社会史中的文化意义和精神价值"。②无论是客观公允的诠释，还是委婉曲折的观点，或者立场对立的见解，都是一种"诗"的传播、"史"的传承，这对中国的文学生产方式、文化发展模式、历史存在形式的理解大有裨益。

①顾彬. 20世纪中国文学史［M］. 范劲，译. 上海：华东师范大学出版社，2009：187-189.

②刘广远. 清末民初的文学思想流变与辛亥革命的发生：以报刊媒体的演进为例［J］. 学习与探索，2011（5）：188-192.

冲突与认同

——代际关系与文学生态

文学的丰富与繁荣是世代文人耕耘与劳作的结果，作家在不同时代摹绘或者嗟叹繁杂的社会、世界的生活。我们探讨时代的文学，基本无法脱离探讨时代的作家。1917年，胡适在《文学改良刍议》中提出："文学者，随时代而变迁者也。一时代有一时代之文学。周秦有周秦之文学，汉魏有汉魏之文学，唐宋元明有唐宋元明之文学。此非吾一人之私言，乃文明进化之公理也。"按照进化论与历时观，时代的更迭自然有时代的文学，而作家作为文学的载体与主体，既是创造者也是参与者，作家与时代有密不可分的关系——不同时代的作家自然有着时代的印痕、历史的烙印。"从文学家在社会世界中所扮演的角色来看，在口传时代，诗人由一种普遍叙事或元叙事的承担者，曾经是先知或神的代言人，在文字印刷时代则是传统价值和社会秩序的捍卫者，到了大众媒介时代，则变成了对社会世界的中心位置保持距离的批判的、反思的知识分子形象。"①这是宏观考察作家的代际位置，从口传时代、文字印刷时代到大众媒介时代，而微观考察作家的代

---

① 朱国华. 文学与权力：文学合法性的批判性考察 [M]. 上海：华东师范大学出版社，2006：97.

际关系，则可以从纪年的断代角度去考量和甄别。1949年以后，尤其是新时期以来，"50后""60后""70后""80后"作家作为文学的中坚力量和主体力量存在是客观事实。作为20世纪后半叶出生的作家，他们的共同性与差异性是并生并存的，融合与冲突也是偶然世界与必然世界的共生状态。

〜 一 〜

一个时代必然有时代的文学特质，这也是断代史研究的重要方面。一方面，场域的相近性。场域（field）是布尔迪厄社会学中一个关键性的概念。简单地说，场域可以被理解为围绕着一定数量的特定资本被组织起来的在历史中被建构的社会小世界。在高度分化的现代社会中，场域具有自身的实践逻辑和游戏规则，对于外部的社会空间具有相对独立性。布尔迪厄的定义如下：所谓场域，"可以被定义为在各种位置之间存在的客观关系的一个网络或一个构型。正是在这些位置的存在和它们强加于占据特定位置的行动者或机构之上的决定性因素之中，这些位置得到了客观的界定，其根据是这些位置在不同类型的权力（或资本）——占有这些权力就意味着把持了在这一场域中利害攸关的专门利润的得益权——分配结构中实际的和潜在的处境，以及它们与其他位置之间的客观关系"。①如果我们接受布尔迪厄在《艺术的法

---

① 布尔迪厄. 文化资本与社会炼金术：布尔迪厄访谈录 [M]. 包亚明，译. 上海：上海人民出版社，1997：133-134. 尽管在20世纪60年代的法语学界，场的概念早已被梅洛-庞蒂和萨特等人使用过，但将它赋予新的意义并使之脱颖而出的还是布尔迪厄. 参见：SWARTZ D. Culture and power: the sociology of Pierre Bourdieu [M]. Chicago: The University of Chicago Press，1982：118.

则》一书中对文学场的起源的看法，那么，我们相信五四作家高扬"为艺术而艺术"抑或"为人生而艺术"旗帜是文学场域的独立宣言，又是与相关场域联系的旨语。翻检作家的履历，"50后""60后""70后""80后"陆续登场，他们有相近的场域。1949年以来，我国的政治生态虽然有所变化，但政治场域的位置与立场是持续的、坚持的，同一种权力场域与政治气候孕育的种子萌发的芽叶是充满相似性的。正如布尔迪厄指出："文化生产场在权力场中占据的是一个被统治的地位。艺术家和作家，或更笼统地说，知识分子其实是统治阶级中被统治的一部分。他们拥有权力，并且由于占有大量的文化资本而被授予某种特权，他们中的一些人甚至占有大量的文化资本，大到足以对文化资本施加权力，就这方面而言，他们具有统治性；但作家和艺术家相对于那些拥有政治和经济权力的人来说又是被统治者。"①这种讨论承认作家的主体性和独立性，同时是询问和反思，思考场域的规训能量和驯化力量。其实，万物一理，天下大同，余光中为《中华现代文学大系（评论卷）》（二）作序说：

> （台湾）后来的发展得失互见，但是进少退多……自由泛滥、民主粗糙，法治却远远落后。选举频频，不仅劳民伤财，派别对立，而且贿选猖獗，后患无穷。我定居了十八年之久的高雄……选举竟以普遍的贿选丑闻下场，足以见证，我们的民主橱窗是以千元的蓝色台币装饰而成的。两千年的政党轮替也以美丽的憧憬开始，但三年之后似乎都令人失望：政府、议会、经济、教育、治安、家庭、环境等相继出

---

① 布尔迪厄. 文化资本与社会炼金术：布尔迪厄访谈录 [M]. 包亚明，译. 上海：上海人民出版社，1997：85.

了问题，不是乐观的学者或者善辩的政客用什么"多元""开放""转型"等泛词所能推脱。……加上天天见报的畸形乱象，轮番来打击我们的身心。台湾，早已沦为"超载之岛"，不知该如何负担这一份不可承受之重压。

这一切，我们的作家们"反映"得了吗？①

余先生的反思和诘问，指向特定场域生态下的文学生产场。"50后""60后""70后""80后"作家秉承的既有传统的"铁肩担道义，妙手著文章""经国之大业，不朽之文章"的文化思想，也有现代的"我是我自己的""我的地盘我做主"的个体思考，有代际差异、个体差异的必然，但也不能否认相同场域的影响是巨大和无形的。

另一方面，境遇的相似性。生成环境、成长历程、社会际遇与法治氛围、政治气候、自然时节等都是大致类似或者几近相同的。新时期以来，文学的启蒙和文化的反思兴起，反思文学、寻根文学、先锋文学、新写实文学等文学思潮"你方唱罢我登场"，"50后""60后"作家积极投身其中，引领思潮有之，如马原、洪峰、刘索拉、叶兆言等，发展壮大者有之，如余华、苏童、格非、北村、潘军等，即便是断裂的"80后"，也是以文学的名义凸显于同时代人，如韩寒、郭敬明等。文学的热潮从20世纪80年代始，至90年代的衰退，到21世纪的繁复多元，回归本真，也退至边缘，文学周而复始地以自然的逻辑或急或缓地蹒跚前行，作家们也生长其中，境遇的相似也注定文化的相似或相生。五四时期，新文化运动的影响、留学欧美或日本的经历等相似的

①余光中. 中华现代文学大系：台湾1989—2003评论卷［M］. 台北：九歌出版社有限公司，2003：2.

境遇，也注定这一时代作家的整体印痕。新文学运动过程中，民主和科学的思想极大地冲击和影响着五四作家；留学是五四一代共同或相似的经历，他们纷纷离开故土，探求异域文化，如留日作家鲁迅、郭沫若、郁达夫、陈独秀、田汉、郑伯奇、欧阳予倩，留学欧美作家胡适、闻一多、林语堂、徐志摩、丁西林、陈西滢、冰心、林徽因、陈衡哲等，异域境遇、异域文学思想或隐或现地影响着作家的创作——五四一代作家，探求新知、渴求变革、启蒙民众、开启民智，无论是鲁迅的《狂人日记》，还是胡适的《尝试集》，都是相似境遇下的相同方向的探索和思考，正如有学者认为五四一代具有国民意识和"世界主义"，"在五四新文化运动中，胡适、陈独秀、蔡元培、李大钊等受康有为、梁启超和西方空想社会主义、无政府主义思潮的影响，形成了相似的世界主义思想"。[①]而当下的作家们与五四一代不同，鲜少有出国留学的历程，也没遇到文学革命的风潮，所以，无论是"50后""60后"，还是"70后""80后"，他们都属于跟随一代，既无变革文学之急切需要，也无拯救民众之迫切要务，回归文学之文学，探究文学之美、文学之境、文学之真是为当下之文学。

二

作家代际的划分本身就是含混和模糊的行为方式，而这种行为方式的结果是为了能够更好地理解和区分作家创作状态和文化生态的存在状况。新时期以来，"50后""60后""70后""80后"

---

① 张福贵. 鲁迅"世界人"概念的构成及其当代思想价值［J］. 文学评论，2013（2）：138-147.

作家都已经形成规模，"代际关系"也被诸多学者关注。这样划分会引发争论，有学者认为，这些作家都属于"新生代"：从文学与时代的关系来说，"新生代"对应的是20世纪90年代以来的中国文学；从作家的代际关系来说，"新生代"指称的是涵盖50年代生、60年代生、70年代生、80年代生4个年龄段的年轻作家。①这样划分也是有道理的，20世纪后半叶出生的作家某种意义上的同质性、同向性、同构性是存在的。当然，这是宏观地确定意义与位置；如果微观地观察，则能发现明显的差异与错位，如远距离观察东亚人，感觉不出太大的差异，看起来是基本相同的。然而，要是分辨同为东亚人的中国人、韩国人、日本人，则需要近距离观察，从性格、习惯、言谈、举止、装束等细枝末节去分辨和察看才能明晰。同为20世纪后半叶出生的作家群，具体到每一个时代显然有着迥然相异的代际差。如果按照年代划分，十年就是一代人，这种分类既有生物学属性，也有社会学属性。"'代'（generation）是一种生物学的事实，唯因世代继替，人类作为生物学的存在才能代代相传；但同时'代'又是一种社会事实，这是因为任何一个人从出生之日起，就必然受制于'代'这种外在的同时又是强制性的普遍力量——他有自己的父母，就必然会与父母之间形成'代际关系'。"②这种生物学属性标识人的年龄，而社会属性则可暗指"代"的差异。有学者指出，作为一种存在于人类世代关系中的社会现象，代际差别主要是指不同代际的人在价值观念、生存方式和行为取向等方面所出现的差异、

---

① 吴义勤. 中国新时期新生代小说反思 [EB/OL]. (2009-08-19) [2023-04-10]. http://www.chinawriter.com.cn.

② 周晓虹. 冲突与认同：全球化背景下的代际关系 [J]. 社会，2008（2）：20-38.

隔阂以至于冲突，这种差异和冲突会随着社会的快速变化而加剧。^①"代沟理论"的代表者玛格丽特·米德认为，"代际"的存在可能形成"冲突"与"不同的信念"，在我们这个社会流动日趋频繁的社会中，在教育和生活方式上，代际不可避免地会产生这样或那样的冲突。……现代世界的特征，就是接受代际冲突，接受由于不断的技术化，新的一代的生活经历都将与他们的上一代有所不同的信念。^②所以，不同代际作家在相同的年代仍然表现出世界观、人生观、价值观的不同，文学思想、创作理念与文本形式则可能有更大的不同。

"代际关系"形成的疏离和差异尽管程度不同，却是事实存在的。当然，我们不会严格地说1959年出生的作家与1961年出生的作家有本质的不同，也不能去确定1979年出生的作家与1981年出生的作家有着天壤之别，只是大致区别或者涵盖大多数的群体，将文学概念、创作旨趣、行为方式基本类似或者相近的作家归纳为同一时代的作家群。"在承认创作主体个人差异的前提下……代际考察也主要是以绝大多数具有代表性的作家为依据，而不是强调每个作家都必须服膺其代际上的共性特征。因为在任何领域尤其在文学艺术领域，特例总是屡见不鲜的。"^③五四一代作家是中国近代的新文化倡导者，除却年龄略长的蔡元培（1868）、吴虞（1872）、杨昌济（1871）、吴稚晖（1865），其他人如陈独秀（1879）、李辛白（1879）、马君武（1881）、鲁迅（1881）、沈尹默（1883）、苏曼殊（1884）、高一涵（1885）、周

①③ 洪治纲. 新时期作家的代际差别与审美选择 [J]. 中国社会科学，2008（4）：160–175.

② 玛格丽特·米德. 文化与承诺：一项有关代沟问题的研究 [M]. 周晓虹，周怡，译. 石家庄：河北人民出版社，1987：72.

作人（1885）、钱玄同（1887）、易白沙（1886）、陈大齐（1887）、王星拱（1888）、高语罕（1888）、刘文典（1889）、李大钊（1889年）、刘半农（1891）、胡适（1891）等都是19世纪80年代左右出生的一代，他们的文化心理、变革思想接近且呼应，共同撑起新文化之竹篙，推动新时代之大船。他们与相近时代的林语堂（1895）、郁达夫（1896）、王统照（1897）、郑振铎（1898）、老舍（1899）虽然不足十年的代际之差，但是文化思想、创作路径、表现方式已经泾渭分明、大不相同，胡适的《尝试集》（1920）还是白话蹒跚学步阶段，如《蝴蝶》：

> 两个黄蝴蝶，双双飞上天。
> 不知为什么，一个忽飞还。
> 剩下那一个，孤单怪可怜；
> 也无心上天，天上太孤单。

老舍发表的第一部长篇小说《老张的哲学》（《小说月报》17卷第7号，1926）已经是成熟的白话文小说。如果再延伸一下，观察并与20世纪初到辛亥革命前出生的一代比较，代际差异则日渐不同，如冰心（1900）、巴人（1901）、废名（1901）、沈从文（1902）、胡风（1902）、丁玲（1904）、巴金（1904）、林徽因（1904）、臧克家（1905）、赵树理（1906）、曹禺（1910）、钱锺书（1910）、萧红（1911）等，五四一代与大约20年之后出生的一代作家创作比较俨然已经恍如隔世、天渊之别，如冰心、丁玲、赵树理、巴金的创作生命一直穿过复杂的民国时期，绵延到20世纪60年代甚或新时期，已经接壤于新时期的作家。作为新文化倡导群体的五四一代，"粗略地说，他们在约20岁前，大都受过典型和严格的传统教育，蔡元培、陈独秀更拥传统科举功名。他们邃于国学，有所专精，甚至不乏是某方面国学上的著名学者"。另外，他们也适逢其会，处于1905年前后，沿袭一千二百余年的科举制度日渐废弃，新式学堂和近代教育日益勃兴的时期。我们谈及鲁迅为标志的五四一代，为什么当下还不断被我们认真地思考与持久地体悟？有学者特别对鲁迅的当代性做出评价："鲁迅之所以能够成为当下言说的重要内容，是因为其具备以下三个条件：第一，鲁迅思想与当下中国现实的契合。20世纪的结束并没有终结鲁迅思想的针对性，其昔日所指就是今日所在，相对于迟滞的思想文化时间似乎没有太大的意义。第二，鲁迅思想价值与当下大众认同的相适性。与几年前鲁迅形象的大众理解明显不同的是，当下社会特别是青年群体眼中的鲁迅形象和鲁迅思想价值评价状况发生了巨大的改变，由负面的价值开始回归正面价值。从网络评价的前后变化中可以更清晰地看到这种思想轨迹。第三，在不可言说的价值判断和不可证伪的思想前提中，鲁迅可以成为言说的工具和批评的渠道，而鲁迅本身也为这种言说和批评提供了丰富的思想资源。由于鲁迅思想、地位及其在社会中的影响，以鲁迅为言说工具不仅能获得思想的增值，而且可以使论证过程简化，具有事半功倍的效果。"①这就是五四一代的总体意义的个体简单阐释，其他同时代者也都具有相同或类似的可以推介与学习的思想资源。他们也是率先进读新式学堂的一代，在接受传统学问的同时，也比较系统地学习外语和西学。近代中国留学潮也开始于1900年以后，他们也是其中的先行者，有亲眼目睹异国的机会，不少受过完整的近代大学或更高学府的

---

① 张福贵. 鲁迅研究的三种范式与当下的价值选择［J］. 中国社会科学，2013（11）：160-179.

教育，①由于这样的条件和机会，他们才能够成为历史上罕有的新旧学问、中外知识相对均衡的一代；19世纪末20世纪初一代被称为"后五四一代"，只能望其项背，无法超越。

～ 三 ～

20世纪以来的作家，基本坚持五四一代的文化传统，秉承薪火、生生不息。新时期以来，尤其是80年代中后期以来，"50后""60后""70后""80后"作家形成众声喧哗、百家争鸣状态，这一现象值得思考和考察。②

我们尝试着列举"代际作家群"，"50后"作家，有莫言、贾平凹、张炜、张承志、阎连科、王安忆、方方、铁凝、史铁生、韩少功、王朔、刘震云、尤凤伟等，他们的作品充盈着宏大和厚重的主题，体现主体强烈的介入精神与影响之意。如莫言，从《透明的红萝卜》《红高粱》到《丰乳肥臀》《生死疲劳》《蛙》，都把人置身于历史潮流，充满反思和质疑，体现主体的独立态势；贾平凹从《废都》《土门》《怀念狼》到《秦腔》《高兴》《带灯》，多为琐碎、庸碌的乡土叙事或城乡转型的叙述，看似简单、平淡，却构建了新时期以来的农业文明到工业文明的史诗。我们毫不犹豫地认可，"50后"作家深厚的文学底蕴、丰富的社会阅历、复杂的人生经历构建成了当下的文学潮流的砥柱和中坚力

---

① 陈万雄. 五四新文化的源流 [M]. 北京：生活·读书·新知三联书店，1997：183.

② 洪治纲. 新时期作家的代际差别与审美选择 [J]. 中国社会科学，2008（4）：160-175.

量。孟繁华先生在《乡村文明的变异与"50后"的境遇——当下中国文学状况的一个方面》(《文艺研究》2012年第6期)中认为,"50后"建构的文学意识形态应该终结,即便他质疑"50后"精神力量持续的可能,但也首先承认,"'50后'一代从70、80年代之交开始登上中国文坛,至今已经三十余年。三十多年来,这个文学群体几乎引领了中国文学所有的主潮,奠定了文坛不可取代的地位。公允地说,这一代作家对中国文学做出了不可磨灭的贡献,甚至将当代中国文学推向了我们引以为荣的时代。历数三十多年来的文学成就,这个群体占有巨大的份额"。①

我们可以从几个角度来分析和阐释"50后"作家的历史位置和文学业绩。一是教科书的反复地推介和普遍意义地认可。无论是洪子诚的《中国文学当代史》(1999),还是陈思和的《中国当代文学史教程》(1999),抑或是朱栋霖、吴秀明、董健、丁帆、孟繁华、程光炜、陈晓明等独著或主编的中国当代文学史的陆续问世,都普遍地以"50后"作家作为基础部分。也就是说,"50后"作家的作品在1970年以后的当代阅读的重点文学作品中,居于举足轻重的地位。二是文学奖项的重点对象和获奖人选主要是"50后"作家。2012年诺贝尔文学奖授予莫言,不仅仅是肯定中国"50后"作家,更是肯定中国当代文学,其他国际、国内文学奖项也将"50后"作家作为主要人选,作为国内具有最高文学荣誉之一的茅盾文学奖,2000年第五届茅盾文学奖得主张平(《抉择》)、阿来(《尘埃落定》)、王安忆(《长恨歌》)、王旭峰(《南方有嘉木》)全部是"50后",这已经是"'50后'文学登顶的标志性事件"(孟繁华语)。随后,熊召政(《张居正》)、徐贵祥

---

① 孟繁华. 乡村文明的变异与"50后"的境遇:当下中国文学状况的一个方面[J]. 文艺研究,2012(6):25-35.

（《历史的天空》）、贾平凹（《秦腔》）、周大新（《湖光山色》）、张炜（《你在高原》）、刘醒龙（《天行者》）、莫言（《蛙》）、刘震云（《一句顶一万句》）先后摘得"茅奖"。国内民间最具影响力的"华语文学传媒大奖"，从2003年到2008年，年度杰出成就奖分别是史铁生、莫言、格非、贾平凹、韩少功、王安忆、阿来，除却格非，都是"50后"作家。2013年鲁迅文学奖，"50后"作家贾平凹的《带灯》、韩少功的《日夜书》、阎连科的《炸裂志》在搜狐网络投票中名列前茅。三是时间的考验和历史的检验。"50后"都已经或正在经受考验，莫言的《红高粱》、贾平凹的《废都》、王安忆的《长恨歌》、张承志的《黑骏马》、韩少功的《爸爸爸》、阿城的《棋王》、李杭育的《最后一个鱼佬儿》、张炜的《古船》、马原的《冈底斯的诱惑》、史铁生的《我与地坛》等都已经成为或正在成为经典，历经30余年淬炼，中国当代文学的支撑力量和磐石般的基座是这一批人。按照美国学者约翰逊博士的时间标准，首先，是作品被他人和后人不断引用和喻指，经常得到评论和介绍。其次，经常出现在文化群体的话语中，成为该国家文化生活的一个组成部分，知名度高。最后，长期被纳入学校课程和课本，通过教学和知识传授得到普及和延续，等等。当然，这些因素也批次影响和促进，而且一部作品能否真正成为经典，需要经历起码一个世纪的考验。①除却"50后"的作品成为经典的时间还不充分满足评价标准，不够"一个世纪"，其他三项标准基本达标，换一句话说，"50后"一代已经基本能够成为未来中国文学史的坐标之一，他们的成就和标准已经完成了历史使命，并且将继续前行。

---

① 刘广远. 汉语现代性与当代小说话语的变迁［M］. 沈阳：辽宁大学出版社，2010：142.

"60后"作家，有余华、苏童、格非、毕飞宇、艾伟、李洱、东西、李冯、邱华栋、潘向黎、陈染、徐坤、王彪等，他们少有延续宏大开阔、纵横捭阖的主题叙事，多为内心的执着、技巧的创造，文本更倾向于人性的存在、思想的深度、形式的构建。他们"从一开始就自觉地避开了对宏大历史或现实场景的正面书写，也避开了某种巨大的社会历史使命感，而代之以明确的个人化审美视角，倾力表现社会历史内部的人性景观，以及个体生命的存在际遇"。①

"70后"作家则是另一番景象，有丁天、金仁顺、戴来、魏微、盛可以、饶雪漫、尹丽川、朱文颖、乔叶、王棵、赵波、安妮宝贝、卫慧、棉棉、徐则臣、石万强、李红旗、陈家桥、李寻欢、今何在、狂狷、宁财神、李铭、邢育森、陈卫、木子美等，我们有意罗列更多的"70后"，但是他们震动社会的也许是文化事件或者是网络狂欢，如卫慧、棉棉、木子美都先后遭到"封杀"，宁财神、李寻欢、今何在、慕容雪村更是网络写作名人，而执着笔耕的金仁顺、魏微也是当年在《作家》杂志上以"美女作家"的噱头出世，虽然她们已经证明其扎实的文字功力。"'70后'作家受到来自市场外部的遮蔽。市场与媒介联合命名了'70后'，一提起'70后'似乎就是卫慧、棉棉等美女作家，身体写作。……'70后'作家，既'旧'又'新'、既'信'又'疑'，拘谨、忧郁、心事重重、瞻前顾后（徐责臣语），从外部存在到内心世界处于自我冲突状态。"②"70后"作家的存在略显尴尬和无奈，其实，他们恰逢"人们更期待一种自然的宁静的写

---

① 洪治纲. 新时期作家的代际差别与审美选择［J］. 中国社会科学，2008（4）：160-175.

② 张丽军. "70后"作家研究开栏宣言［J］. 绥化学院学报，2010（1）：1.

作，那种将人生际遇和生存感喟相结合的写作，那种字句流畅、节制优雅的写作"①，他们时而顺应读者的需要有曲意逢迎之谦，时而崖岸高峻有自己独特的写作风格，总体上创作显现一种沉稳、内敛，有丰富的生活阅历与深刻的生命体验，在文本的叙述中体现独特的审美特质和个性的历史认知，形成普遍的不空蹈、不虚妄的存在状态，但是他们在夹缝中生存的命运暂时无法得到较大改变。一方面是生存境遇，"80后""90后"的狂飙突进、风起云涌，文学势头汹涌澎湃、文学事件令人震惊，"50后""60后"的阔达厚重、稳坐山河的气势，无法撼动；另一方面，20世纪90年代正是"70后"发展和成长的时期，恰逢80年代文学复兴思潮的衰落，经济发展迅速，但文坛进入徘徊的低潮期，"70后"陷入迷惘、惶惑阶段。陈思和说："如果我把'50后'作家在新世纪的创作看作是传统精英写作的一座高峰，继而把'80后'的新锐写作看作又一个网络时代的时尚写作的高峰，那么，'70后'作家在两者之间就形成了一个低谷，我这里并没有从文学创作的质量取舍上划分高峰和低谷的意思，而是针对了代际文学的整体生态环境以及被关注的程度而言，'70后'作家的写作确实遇到了一个低谷，许多优秀创作和有利机会都没有被充分地关注，成了被遮蔽了的一代。"②如今，千帆竞渡，百舸争流，以获得2012年诺贝尔文学奖的莫言为标志的"50后"作家尚且需要尝试文学、影视、戏剧、网络等多种途径，谋求多元发展，遑论"70后"。

---

① 李翠芳，施战军. 情智共生的雅致写作：叶广芩小说论 [J]. 当代作家评论，2014（1）：135-145.

② 陈思和. 低谷的一代：关于"70后"作家的断想 [C] // 李敬泽，林建法. 中国文学批评年选（2011年选）. 南京：江苏文艺出版社，2012：73.

不过，"80后"作家的异军突起、一骑绝尘，却让文坛震惊，如韩寒、郭敬明、王延平、张悦然、春树、泽婴、周嘉宁、小饭、李傻傻、朱子夫、孙睿、蒋峰等，这是"80后"的成熟者，还有日趋跟进的更多人，如陈武涛、语默、郑小琼、林萧、杨麟、施晗、袁博、安意如、刘卫东、邢荣勤、余子愚、枚庸、郭敖、陈就、白艾昕、曹立杰、张一一、风来满袖、步非烟、邓安东、夏智慧、羌人六、秦豫、小舞等一批实力派"80后"写手，"80后"是在文坛非议最多、最有争议的一个群体。"80后"犀利的文风、敏感的气质、超脱的品位、奇崛的语言，前卫性、青春性、纯粹性、戏谑性是其标识，高产化、边缘化、市场化、娱乐化融合一体。他们是作家、赛车手、商人、书法家、音乐人、影视作家、网络写手等，他们甚至在不知道文学是什么的情况下，已经开始写作，而且尽心尽力，韩寒的《三重门》、郭敬明的《幻城》甫一出版，便天下皆惊，他们由最初的争议不断，到目前的不断被认可。2000年，北京大学著名学者曹文轩应出版社之邀在给韩寒长篇小说《三重门》作的序言中，曾经对韩寒的写作才华予以较高评价。2004年，先锋作家马原为上海东方出版中心编选出版的《重金属——80后实力派五虎将精品集》序中也预言，"80后"作家"20年后又是一群好汉"。马原还力荐五虎将，"不一定只有他们才是实力派，但我从中看到了一些振奋激越的因素，对他们日后的写作有了信心"。①孟繁华在谈到青春创作时，对当下创作状态提出一种看法，"这是一种全新的文学生产格局。这一现象表明，任何一种文学生产方式在当下都难以统摄全局，霸权话语不作宣告地被削弱之后，多元的、游牧式的文学

① 凤群. 迷惘的青春物语：80后作家论［J］. 文艺评论，2008（3）：36-42.

生产方式已经发生并根深蒂固"。①不管如何，青春的写作、写作的青春都已经成为我们欣然直视、淡然接受、坦然尊重的客观存在和事实。

∽ 四 ∽

我们不厌其烦地罗列、铺陈"50后""60后""70后""80后"的作家阵势，粗糙地、简单地浏览与扫描，既看到其同构性，也辨别出其异质性。不同的代际作家存在交流，也有隔阂，文化的碰撞与冲突推动了进步也可能成为阻碍。玛格丽特·米德认为，人类文化在代际交流上存在三种类型，即"前喻文化、并喻文化和后喻文化"。"前喻文化，是指晚辈主要向长辈学习；并喻文化，是指晚辈和长辈的学习都发生在同辈人之间；而后喻文化，是指长辈反过来向晚辈学习。"②代际作家的交流是重要的且必要的，不仅有"前喻文化""并喻文化"的融合对撞，更有"后喻文化"的吸收与兼蓄，类似于达尔文的《物种起源》所说"每一智力和智能都是由级进而必然获得的"，③兼收并蓄的学习，进而形成对撞、冲突、融合，可以更好地促进代际作家的创作和前行。

20世纪以来，新文化运动的推进，是文化决裂的开始也是文化变革的发生，这样的文化更替是"前喻文化"为继前提下，

---

① 孟繁华. 失去青春的中国文学：当下中国文学状况的一个方面 [J]. 当代作家评论, 2014（1）: 58–69.

② 洪治纲. 新时期作家的代际差别与审美选择 [J]. 中国社会科学, 2008（4）: 160–175.

③ 达尔文. 物种起源 [M]. 北京：商务印书馆, 2011: 558.

"并喻文化"与"后喻文化"并行交错。五四时期，社团、流派繁若星辰，极大地促进了参与者的学习、交流和融合，"并喻"式交流是常态存在；同时，"前喻"或者"后喻"式的代际交流极大地促动了文化发展。中国现代文学社团中"最坚韧、最诚实"（鲁迅语）的沉钟社，为何能挣扎九年之久？因为同社团中的陈炜谟、陈翔鹤、冯至、杨晦互相交流、秉承同一思想。《鲁迅全集》有四卷（十一、十二、十三、十四卷）收录致蔡元培、胡适、刘半农、钱玄同、许寿裳、孙伏园等人信函，这些往来通信，不仅仅是叙述友谊、家事，也常常探讨文学、文化问题。1921年1月15日鲁迅在《致胡适》中说：

> 《尝试集》也看过了。我的意见是这样：《江上》可删。《我的儿子》全篇可删。《周岁》可删；这也只是寿诗之类。《蔚蓝的天上》可删。《例外》可以不要。《礼！》可删；与其存《礼！》，不如留《失［希］望》。我的意见就只是如此。[①]

我们可以看到鲁迅对于《尝试集》的中肯建议，胡适也真切地汲取，后来再版时仅保留了《江上》《礼！》二首，并且在《尝试集·四版自序》中说明了原因。五四以后，这种同辈之间的"并喻"交流关系，成为文人之间的主要沟通、学习方式。如丁玲关于《母亲》[《致〈大陆新闻〉编者》（1932年6月1日）]、林语堂关于《京华烟云》[《致郁达夫》（1939年9月4日）]、沙汀关于《淘金记》[《致叶以群》（1942年5月18日）]、茅盾关于《林家铺子》[《致吴奔星》（1953年3月10日）]、田汉关于《关汉卿》

---

① 鲁迅. 致胡适［M］// 鲁迅. 鲁迅全集：第11卷. 北京：人民文学出版社，2005：388.

[《致郭沫若》（1955年5月8日）]、姚雪垠关于《李自成》[《致茅盾》（1977年6月16日）]、钱锺书关于《围城》[《致陈诏》（1990年11月19日）]的信函，基本都是每个作品的重要研究资料。而新时期以来，我们疏少见到代际作家的互相学习或者积极互动。一方面，可能是社团的消失，由于新中国成立后的文艺政策和作家组成机制，即使有些诗人社团（如"白洋淀诗群"），也逐步烟消云散；另一方面，中国作家协会成为社团统一标志，而且主流的文化话语主导着创作方向、文学立场，也消弭了作家之间互动的意愿和兴趣。"50后"作家中，很少论及对方或指出他人创作的缺陷，更多是各种会议中"隔靴搔痒"的话语或颂扬式的语言，论及他人著作的少之又少，王安忆曾在一次访谈中用了较大篇幅谈了她眼中的当代作家，如史铁生、张承志、张炜、莫言、贾平凹、阿城、苏童等，这已经是非常值得关注的互动个案。①"50后"作家所秉承的文学传统是"隔代遗传"，隔代践行"前喻文化"，正如李泽厚所感叹的：

　　一切都令人想起五四时代。人的启蒙，人的觉醒，人道主义，人性复归……都围绕这感性血肉的个体从作为理性异化的神的践踏蹂躏下要求解放出来的主题旋转。"人啊，人"的呐喊遍及各个领域各个方面。这是什么意思呢？相当朦胧，但有一点又异常清楚明白：一个造神造英雄来统治自己的时代过去了，回到五四时期的感伤、憧憬、迷茫、叹息和欢乐。②

---

① 王安忆，张新颖. 谈话录（五）：同代人 [J]. 西部，2007（6）：4-22.
② 李泽厚. 中国现代思想史论 [M]. 北京：东方出版社，1987：209.

1985年，韩少功的《文学的"根"》拉开了"寻根文学"的序幕，自此，开始一条向传统致敬、寻文化之根的文学之路。洪子诚先生在《中国当代文学史》中指出："80年代东西方文化'碰撞'，使文化比较和不同文化的价值观的评价重新凸现。一些作家不仅体验到'文革'等现实的社会政治问题的压力，而且猝不及防地遭遇到'现代化'进程和'文化冲突'所产生的令人困惑的难题，感受到更广泛、深刻的'文化成果'的压力。他们会认为，如果以'现代意识'来重新观照'传统'，将寻找自我和寻找民族文化精神联系起来，这种'本原'性（事物的'根'）的东西，将能为社会和民族精神的修复提供可靠的根基。"[①]又说，"'文革'后的当代作家，一般会很容易接受'五四'以来对于'传统文化'持激进批判的立场，不过，在东西文化的对话、'碰撞'中，也会走向对悠久而丰厚的民族文化的沉迷，转而怀疑原先所持的批判态度"。[②]张法先生在《北京大学学报》（1995）撰文说：

> 1985年，当新时期的启蒙运动以革命文学模式推进到寻根潮流而使革命文学模式近于解体的时候，寻根的题材性质本身使文化—哲学模式再一次浮出。寻根、先锋、新写实三股潮流共同构筑了八十年代以来的文化—哲学小说模式雏形。寻根，上承《狂人日记》，体现了对中国上下五千年的思考。新写实，上承《阿Q正传》《孔乙己》，用一种严厉的眼光看现实。正像五四小说用书信体、日记体以及一系列西方文学叙述模式来探索新的人性，先锋文学借用西方现代文

---

① 洪子诚. 中国当代文学史［M］. 北京：北京大学出版社，1999：323.
② 同①：325.

学种种新手法和语言创新来重新审视人性。新的文化-哲学小说模式既有所疏离于主流文艺的政策为先，又有所疏离于大众文艺趣味为主，带有一种"孤独"的思考状。①

"50后"作家暗蓄重返五四的冲动，只不过他们是传承五四文化精神，同时继承中华民族古老传统文化。贾平凹的《商州》系列、阿城的《棋王》、王安忆的《小鲍庄》、韩少功的《爸爸爸》等，开启了"50后"作家向先辈学习的思潮。直到今天，"50后"作家或者相当部分的"60后"作家，他们之间只是"相敬如宾"的寒暄，很少情真意切地批驳或者建议，而更多暗行"并喻"式碰撞交流的基本都是作家与评论家、网民与作家、隔代作家之间。

检验代际作家的交流与协作，"后喻文化"的关键性得到彰显。玛格丽特·米德认为，"在前喻文化中，人们通过白发苍苍的长辈所具有的个人尊严和历史连续感来体现过去和未来"，但是，当今社会的现实却是"人们希望那些尚在母腹中不安地躁动着的孩子能够成为未来生活的象征"。今天的长辈面对变幻莫测的电子技术、纷繁复杂的网络媒介生成的多元世界，产生无力感和迟钝性。玛格丽特·米德对老一辈人的窘境予以认可，"当我们迈入现时代之时，尚没有人能够了解过去、解释现在、洞悉未来"，"我们将自己所熟识的世界抛在身后，开始生活在一个与我们所熟识的一切大相径庭的新时代中"，所以，她大声疾呼："我相信，我们将要创造出一种全新的文化，这一文化相异于并喻文化，正如并喻文化经过有序或无序的变化异于前喻文化一样，我

---

① 张法. 20世纪小说：模式及其沉浮 [J]. 北京大学学报，1995（5）：62—67.

将这种新型的文化称为'后喻文化'。"其实，"后喻文化"的重要特点就是断裂性、向下性。我们在代际关系视角下，观察20世纪文学，观察"50后""60后""70后""80后"作家，发现其中蕴含着复杂、多变的关系。①

20世纪也是时断时续的文学世纪。五四一代基本采取断裂的姿态，《新青年》（1915年第一期为《青年杂志》）创刊是新文学肇始，胡适的《文学改良刍议》、陈独秀的《文学革命论》成为一时檄文，青年一代以激烈、昂扬的姿态向老年一代揖别。梁启超的《少年中国说》是"后喻文化"的思想标志：

> 欲言国之老少，请先言人之老少。老年人常思既往，少年人常思将来。惟思既往也，故生留恋心；惟思将来也，故生希望心。惟留恋也，故保守；惟希望也，故进取。惟保守也，故永旧；惟进取也，故日新。惟思既往也，事事皆其所已经者，故惟知照例；惟思将来也，事事皆其所未经者，故常敢破格。老年人常多忧虑，少年人常好行乐。惟多忧也，故灰心；惟行乐也，故盛气。惟灰心也，故怯懦；惟盛气也，故豪壮。惟怯懦也，故苟且；惟豪壮也，故冒险。惟苟且也，故能灭世界；惟冒险也，故能造世界。

鲁迅借"狂人"（《狂人日记》）之口发出呐喊："从来如此，便对么？"同时，他说："愿中国青年都摆脱冷气，只是向上走，不必听自暴自弃者流的话。能做事的做事，能发声的发声。有一分热，发一分光，就令萤火一般，也可以在黑暗里发一点光，不

---

① 玛格丽特·米德. 文化与承诺：一项有关代沟问题的研究 [M]. 周晓虹，周怡，译. 石家庄：河北人民出版社，1987：93.

必等候炬火。"①"大胆的假设、小心的求证"（胡适语）从理论方法认可后辈研究的尝试性和创造性。

新时期以来，"60后""70后""80后"也都采取断裂的姿态向前辈告别。余华有一篇小说《十八岁出门远行》，文中写道：

> 柏油马路起伏不止，马路像是贴在海浪上。我走在这条山区公路上，我像一条船。这年我十八岁……
>
> 我在路上遇到不少人，可他们都不知道前面是何处，前面是否有旅店。他们都这样告诉我："你走过去看吧。"我觉得他们说的太好了，我确实是在走过去看。……
>
> 公路高低起伏，那高处总在诱惑我，诱惑我没命奔上去看旅店，可每次都只看到另一个高处，中间是一个叫人沮丧的弧度。

小说很短，却极具寓意。十八岁的男孩出门远行，闯荡世界，可是"前方是否有旅店"，是否只能看到"另一个高处"？没有人能够回答。1998年，韩东、朱文、鲁羊等60年代出生的作家，就发起一场颇为壮大的"断裂"活动。②他们毅然决然地与前辈告别，"如果我们的写作是写作，那么一些人的写作就不是写作；如果他们的那叫写作，我们就不是写作"。他们话语之中充满对前辈的不屑和对自身的信任，"这是近半个世纪以来最成熟、健全的一代作家，具有真正的独立的精神立场。其次，他们

① 鲁迅. 热风 [M] // 鲁迅. 鲁迅全集：第9卷. 北京：人民文学出版社，2005：341.

② 韩东. 备忘：有关"断裂"行为的问题回答 [J]. 北京文学，1998（10）：41–47.

是才华横溢的一代人，在他们手里现代汉语表现出了从未有过的魅力"，这种骄傲的情绪与拒绝沟通的姿态，直接使"60后"甚或包括"70后"作家都陷入封闭的小我世界，体验内心的存在感，回避"宏大叙事"与历史责任，进而形成"审美视野上的褊狭和精神内涵上的单薄"。①

"80后"作家的"断裂"可以以一系列事件为发端。韩寒的退学事件，郭敬明的《梦里花落知多少》对《圈里圈外》抄袭事件，"韩白之争"事件，韩寒、郭敬明的冲突事件等不一而足，他们也被称为"垮掉的一代""最没责任心的一代""愚昧的一代""最自私的一代""最叛逆的一代"。事实不可否认的是，他们已经登上文坛，虽然是以决绝的方式，但他们深深影响着新一代文学。评论家谢有顺认为，"在'80后'作家之前，出生于上世纪30年代到出生于70年代的五代作家都依然处于写作的状态，但是，'80后'与前面的五代作家没有清晰的内在承传关系，面对前五代作家的压力，'80后'作家的出场采取了一种很特殊的方式"。他提出，前五代作家进入文坛以及成名，大多是由期刊、评论家、文学史"三位一体"的力量共同塑造的；而"80后"作家开创了另一种全新的"三位一体"，即出版社、媒体记者和读者见面会。②"80后"已经作为一代作家出现并且成为一种现象，缺失"前喻文化"模式，有"并喻文化"的影响，更是"后喻文化"的模式。

回望历史，一个世纪以前，1880年的文学与1980年的文学，似乎没有相交的节点，姑妄称为"隔世相望"，我们可以发现一

---

① 洪治纲. 新时期作家的代际差别与审美选择 [J]. 中国社会科学，2008（4）：160-175.

② 王研. 专家："80后"作家出现意味着中国文学断裂 [N]. 辽宁日报，2010-09-04（7）.

些特点。1880年前后的一代正是五四一代，陈独秀、鲁迅、胡适、钱玄同、刘半农、沈尹默、李大钊等，开创了白话文之路，推开新文化之门，形成新文学之潮。而颇有意味的是，"80后"作家的"断裂"姿态、出现方式、创作态势等都与五四一代有着奇妙的相似性。一是"80后"作家独立办刊。韩寒主编的《合唱团》、郭敬明主编的《最小说》、张悦然主编的《鲤》、孙睿主编的《逗》等，与五四时期陈独秀主编的《新青年》，孙伏园、鲁迅主编的《语丝》等何其相似，都引领时代，畅销一时。二是"80后"作家长于"炒作"事件。"韩白之争"就是韩寒和评论家白烨之间的论争，一时引得文坛风起潮涌，一片混沌；韩寒、郭敬明二人的矛盾众所周知，两人公开或私下互相抵牾，但结果是声名鹊起、节节登高，双方的"口水仗"使他们作品的知名度、财富值都不断增加。五四时期，倡导新文学的五四一代与保守、传统的《甲寅》《学衡》学派论战也都引发众人围观，更有甚者，钱玄同、刘半农甚至演起"双簧戏"——钱玄同化名王敬轩给《新青年》写信，模仿旧文人的口吻，将他们反对新文学与白话文的种种观点、言论加以汇集，然后刘半农写复信，逐一辩驳，因而引起了广泛的社会注意。三是"80后"作家多参与社会分工，突破成规。斯蒂芬·麦娄克斯认为："成规是行为之中或行为与信仰之中的规律性，它们是任意的，但却使自己永存，因为它们符合某些共同的利益。过去人们对它的遵奉，使得将来他们也会遵奉它，因为它给予了一个人继续遵奉下去的理由；但存在着可以选用的另外某种本可以取而代之的规律性，而且一旦开始了就会以同样的方式使自己永存。"[1]成规被打破，新的规律才会

---

[1] 佛克马，蚁布思. 文学研究与文化参与 [M]. 俞国强，译. 北京：北京大学出版社，1996：125.

出现，虽说"50后""60后""70后"也有突破，但是与"80后"相比，大为不同、迥然有别。韩寒2010年被《时代周刊》评选为100名影响世界人物之一，又是中国唯一一位拉力赛和场地赛双料年度冠军，同时涉足影视、乐坛；郭敬明是上海最世文化发展有限公司董事长，主编《最小说》《最漫画》杂志；同时，又是影视剧导演，2013年自编并导演的《小时代》一时引发巨大关注。而且，郭敬明组织一批青年写手，扶植一批"青春"作家，这不是"并喻"模式和"后喻"模式的延拓和伸展吗！世纪相望的五四一代与"80后"一代，虽说时代不同，不能相较高下，但很显然，用"江山代有才人出、各领风骚数百年"来展望"80后"作家的文学位置和文学作为不是虚妄和想象。

我们没有系统而详尽地比较代际关系的作家，只是选择性地对"50后""60后""70后""80后"作家文化交流、融合模式进行了阐释。鲁迅在《写在〈坟〉后面》（1926年12月4日）中说过："一切事物，在转变中，是总有多少中间物的。动植之间，无脊椎和脊椎动物之间，都有中间物；或者简直可以说，在进化的链子上，一切都是中间物。"[①]文学在前行和发展中，代际作家有着必然的密切的或疏离的联系，他们都是进化过程中的"中间物"，观察他们的文学关系、传承模式、生成形态、发展趋势，才能够更好地理解当代文学和中国文学。

---

① 鲁迅. 写在《坟》后面 [M] // 鲁迅. 鲁迅全集：第1卷. 北京：人民文学出版社，2005：149.

下部

众生之境：文学与作家

"冰山"之下

——重读《太阳照在桑干河上》

1895年，弗洛伊德与布罗伊尔合作完成了一部《歇斯底里研究》，提出了"冰山"理论。在日常生活中，弗洛伊德把人格分为三部分，即自我、超我与本我，把心理分为意识和潜意识两部分，他认为，意识的起源、基础和动力都存在于潜意识之中。他认为："潜意识是真正的精神现实。其内在本质正像外部世界的现实一样对我们是未知的，并且正像我们通过感觉器官而报告了外部世界一样，它通过意识的资料而与我们进行着不完善的交流。"[①]意识驻扎在自我的领地，因为人类活在现实之中，也就是"冰山"之上，而潜意识深藏在人的"本我"驻地，也就是人的本能和欲望，控制着人类的行为，位于"冰山"之下，当人类行为到达道德临近线的时候，潜意识的超我启动，制止可能发生的一切。换句话讲，也就是人类表现的行为是可以给你看的行为，也就是"冰山"之上，而更多的潜意识的欲求却深深地隐藏在"冰山"之下。1932年，海明威完成了《午后之死》（*Death in the*

---

① 弗洛伊德. 梦的释义 [M]. 张燕云，译. 沈阳：辽宁人民出版社，1987：571.

Afternoon)（又译《死在午后》），该作品中谈到文学创作时，他说："冰山运动之所以雄伟壮观，是因为它只有八分之一在水面上。"也就是说，隐藏在水下部分占据"八分之七"。20世纪，从上海亭子间走出来，进入解放区延安文学语境中具有"小资产阶级情调"的作家们，在人性、革命、政治、阶级的矛盾冲突下，又有怎样的"冰山"之现？在这方面，表现突出的作家尤以丁玲为著。1948年，丁玲发表了《太阳照在桑干河上》，在笔者看来，其描述解放区的土地革命、农村的阶级斗争等皆为"冰山"之上的叙述与表达，众人皆懂；而其内在的"性"的隐喻、人性的叙述则是"冰山"之下，讳莫如深。

丁玲写作《太阳照在桑干河上》很沉重、很用力，她带着责任与任务去了温泉屯，去感受土改革命，去观察民俗民情。1979年，丁玲在《太阳照在桑干河上·重印前言》中说："《太阳照在桑干河上》不过是我在毛主席的教导、在党和人民的指引下，在革命根据地生活的熏陶下，个人努力追求实践的一小点成果。"[1]革命话语的限制下，作家的想象空间并不丰富，但创作主体的"斡旋能力"依然"辗转腾挪"，在狭仄的叙述空间里，隐约表达了其若有若无的话语意识。

"冰山"之下的叙述隐约而朦胧，大胆而冒险。我们观察一下小说对女性的描写，作者似乎说了什么，又似乎什么都没说，然而，我们还是能够感受到暗含的"话语"。

暗含了什么呢？女性之"性"。

《太阳照在桑干河上》中"女性"的出场略显尴尬。钱义的媳妇"顾二姑娘"长得"苗壮有力"，"手腕上套了一副银镯子，

---

① 丁玲. 太阳照在桑干河上［M］. 北京：人民文学出版社，2009：2.

粗糙的手"显得"很拘束";妇联会主任董桂花"在铅丝上拉下了一条破毛巾，揩了揩脸上的汗"，这感觉，是不是有些太不讲究，她"不算苍老，不算憔悴，却很粗糙枯干"；[①]下乡的干部杨亮去村访，遇到一个赤着上身的女人，这个"半裸的女人，她头发蓬乱，膀子上有一条一条的黑泥"（赵得禄的媳妇），一个女人光着上身，如果不是色情淫荡，也似乎不合乎道德规范，然而，在这里，让读者感到的是悲凉、穷苦、卑微；寡妇白银是能勾人的"主"，然而除了穿着洋气，却"瘦骨伶仃的，像个吊死鬼似的叉开两只腿站在那里"[②]……这些女性多以一种肮脏、丑陋、贫穷、可怜的面貌呈现，毫无审美的愉悦和女性的柔美。如果一层意思是展示贫寒、质朴的穷苦，预示着风雨欲来的革命斗志，激发破釜沉舟的革命勇气，那么另一层意思应该是赞扬高调大嗓、粗壮坚强、黝黑有力的女性的乡土美和劳动美，美在心灵，美在内涵。可是，无论是"史实"还是"虚构"，如果从女性之"性"的角度去考量，显然无法吸引男性的注意，甚至产生唏嘘与"厌恶"。

然而，贫苦或革命女性的"粗鄙"对比着的却是地主家女人的"柔美"。

地主李子俊的女人"肤白细嫩"：

> 她穿一身浅蓝色洋布衣裤，头也没梳，鬓边蓬松着两堆黑发。在那丰腴的白嫩脸庞上，特别刺目是眼圈周围，因哭泣而起的红晕，像涂了过多的胭脂一样。[③]

---

① 丁玲. 太阳照在桑干河上［M］. 北京：人民文学出版社，2009：21.

② 同①：48.

③ 同①：123.

另一个场景是，男人看到了晾晒的"大红绸子的妇女的围胸"，让男人"飞过一个分不清是什么意思的眼色"；女人看到三个高大汉子回来，点着了灯，"红黄色的灯光便在那丰满的脸上跳跃着，眼睛便更灵活清澈得像一汪水"。①若有若无的诱惑，地主的"女人"令人神往，潜在的"性"的特征与"性"的意味暗含其中。政治正确就是征服并改造地主，那么，地主的女人当然也在改造之列。然而，革命女性或者雇农女性"粗鄙"得令人汗颜，不是枯干，就是茁壮；不是头发蓬乱，就是赤裸上身，生活的粗糙化和艺术的简单化让人无语。而作者却"绘声绘色"地描绘一个引发无数想象的"地主婆"，虽然并没有下文。辛亥革命时期，鲁迅笔下的阿Q（《阿Q正传》）的"革命主张"也是占有"被革命者"的女人，而且是挑三拣四，"赵司晨的妹子真丑""邹七嫂的女儿过几年再说""秀才的老婆的眼胞上是有疤的"，阿Q的审美也是从"性"的需求出发，所以，他的最大一个欲求是"和吴妈困觉"。郁达夫的"石破天惊"的《沉沦》，描写偷窥女性洗澡、女性的裸体，显然是"性"的突破，因为其"性"的欲求与为国图强纠缠在一起，则显得"光明正大"，主题宏大、彰显气节。莫言在叙述阅读《林海雪原》（第二三回少剑波雪乡抒怀）的时候，记住的是这样的细节，沉睡的白茹"两只净白如棉的细嫩的小脚伸在炕沿上"，于是，"少剑波的心忽地一热"，莫言说难以忘怀，好像犯了错误。不言而喻，女人的脚是"性"的隐喻。莫言的《红高粱》中也有这样的描述，当轿夫看到美丽的年轻的"我奶奶"的小脚，神魂荡漾：

轿夫们看着这玲珑的、美丽无比的小脚，一时都忘魂落

---

① 丁玲. 太阳照在桑干河上［M］. 北京：人民文学出版社，2009：101.

魄。余占鳌走过来，弯腰，轻轻地，轻轻地握住奶奶那只小脚，像握着一只羽毛未丰的鸟雏，轻轻地送回轿内。

这样的描写令读者身临其境，男性的荷尔蒙与欲望的压抑的"冲撞"不可抑制。

"冰山"之下，启蒙意识与个体意识显然影响着丁玲，而"性"的启蒙显然令她欲言又止、游移不定。无论是现代，还是当代，"性"作为探索的"禁区"，创作主体的尝试都会显得危险重重和小心翼翼。我们知道，丁玲创作《太阳照在桑干河上》的目的显然不是颂扬甚至讨论人的力比多（libido）效应，而是张扬土地革命的政治话语，但是，主体潜意识的"默许"和"认同"，激进的思想和探索的勇气促使作者的笔端"宕开一笔"，其中潜意识的诉求和表达令人侧目。

"冰山"之下，女性的描写显然更具光辉、更具魅力。丁玲不会描写女性的美吗？显然不是。《梦珂》《莎菲女士的日记》里的女性透着时代的衣饰风尚与女性的天然"性"趣。《梦珂》里写表哥看梦珂的时候，就有这样的描写："表哥坐在一个矮凳上看梦珂穿衣。在短短的黑绸衬裙下露出一双圆圆的小腿，从薄丝袜里透出那细白的肉，眼光于是便深深地落在这腿上，好像还另外看见了一些别的东西。"《莎菲女士的日记》大段地描写莎菲的心理，她不爱苇弟又把苇弟当作寂寞的安慰，爱着翩翩风度的凌吉士却厌恶其灵魂的卑劣，莎菲矛盾的性爱被摹写的深刻而又真实。同样，在《太阳照在桑干河上》里，地主老婆的"美"浮出地表，恰是作者不可多得的潜意识的真实流露，也恰恰成为丰满人物形象的"底色"，女性的"美"与"性"遮蔽了阶级属性、社会属性。如果我们重新回味丁玲在1942年3月9日延安《解放日报》上发表的《三八节有感》，我们就会找到作者精神一以贯之的隐蔽通道。面对女性的艰难处境，丁玲沉重地感叹"我自己是女人，我会比别人更懂得女人的缺点，但我却更懂得女人的痛苦"，然而，经过改造，作家已经彻底推翻了原来的"自我"，"我"在冰山之下。

冰山之下的潜意识中的"自我"在哪里呢？

"自我"同"镜像自我"的对抗与认同。有学者说，作家的作品中都有一个"我"，那么，丁玲笔下的"我"就幻化成好多个"我"，梦珂、莎菲、李子俊老婆等都是丁玲的另一面，对抗又认同，冲突又和解，丁玲是喜欢美的，穿短裙、薄丝袜，春光之中，漫步花丛，这是多么美好的事情！梦珂不喜欢这样吗？莎菲不是这样吗？莎菲爱着一个男人，又藏着另外一个男人，这简直"大逆不道"，这对丁玲来说，几乎是现实的翻版，爱着胡也频，又喜欢冯雪峰，这种折磨和伤害在作家心中深深地埋下了种子，却只是在想象的文本中质问苍穹，为什么不能？对抗是艰难的、认同是不能的，世俗蜚语岂能容你。"自我"同"镜像自我"的对抗和认同，挣扎了一生，反抗了一生，如瞿秋白给丁玲八个字的评语——"飞蛾扑火、至死方休"。

"自我"同政治话语的抵抗与和解。国家意志、政治话语的认同对于丁玲来讲是"心悦诚服"。丁玲的穿军装、扎腰带的革命战士形象熠熠生辉，威武而俊秀，正如同毛泽东的评价："昨天文小姐，今日武将军。"显然，丁玲对于政治话语、土地革命都高度认同，然而，"潜伏"的潜意识却无法默许这种态度。我们可以观察到《太阳照在桑干河上》的隐含的不足：主题先行禁锢了想象的翅膀，史料实证限制了可能的叙事，"使命意识"堆砌了宏大概念。当然，我们不去详细地讨论，只是感觉到改造

"自我"的同时，也迷失了"自我"，这种"失去"让作者彷徨而犹豫，所以，《太阳照在桑干河上》写得小心翼翼而又"竭尽全力"。

"自我"与人性中"性"的认同。人性的张扬与"自我"的解放是丁玲创作的底色与根柢。丁玲对于"性"的描摹和节制是同一方向的，作者并不想去张扬地主老婆的"美"和"性"，可是却不知不觉地"妙笔生花"了。歌德在《少年维特之烦恼》中说，"哪个少年不多情，哪个少女不怀春"，人性不能压制，性也不能扼杀。即使在夹缝、罅隙中生存的女性描写的片段，却能彰显创作主体的无意识的审美意识与内心情感，如同万物萧瑟的寒冬，一抹雪中梅花的绽放是那么鲜艳耀眼、卓尔不同。

从绝望到绝望

——余华①小说的精神之旅

  绝望是一种存在状态。文学中的绝望与生活中的绝望不完全一样，是一种焦虑的情绪和忧虑的思想，这种绝望能够令人的心灵久久战栗。在众多作家中，笔者认为余华的小说中自始至终弥漫着一种绝望的情绪，而且日久弥深。

  余华的创作大致可以分为三个阶段：第一阶段是20世纪80年代的《十八岁出门远行》《现实一种》《鲜血梅花》《一九八六年》等作品，带有先锋试验探索的痕迹，故事充满了对暴力、血腥、死亡的叙述；第二阶段以《活着》《在细雨中呼喊》《许三观卖血记》为代表，表现苦难的存在；第三阶段，一部《兄弟》引起众多争议，至今仍然见仁见智。在文学史的叙述中，学者们的认识比较一致，认为90年代以后余华开始转型。比如洪子诚的《中国当代文学史》认为，"余华的这种和现实、和日常经验的紧张关系，在90年代初写作《在细雨中呼喊》开始，有了缓和，或者说，尝试新的解决方式。……这种变化，更重要的是来源于他

———————

  ① 余华（1960— ），中国当代作家，代表作品《活着》《许三观卖血记》《兄弟》等。

与现实的态度的调整"。文中进而引述余华的自述，"随着时间的推移，我内心的愤怒渐渐平息，……作家的使命不是发泄，不是控诉或者揭露；他应该向人们展示高尚。这里所说的高尚不是那种单纯的美好，而是对一切事物理解之后的超然，对善和恶一视同仁，用同情的目光看待世界"。王庆生的《中国当代文学》认为："从1991年发表《呼喊与细雨》（后更名为《在细雨中呼喊》出版）以来，余华的创作风格有了明显的变化，虽然'死亡'仍是他多数作品的主题话语，但小说中流露的些许温情和理解已经冲淡他以往的冷漠。在《活着》《一个地主的死》《许三观卖血记》中，作者更是放弃了先锋姿态，以写实手法来叙述一个个小人物的生存故事，宿命的观念并没有发生多大改变，超然的平和取代了绝望的痉挛，人物也不再是'道具'，而成为有生命的鲜活的个体。"从这些文学史的叙述来看，诸多学者认为90年代的余华开始转型，转向温情，同时认为余华的绝望书写变得现实与平和。其实，我们可以换一个角度去理解余华的小说创作。90年代以来的余华是从潜意识的绝望转向显在的绝望，是从无助的绝望转化为沉默的绝望，他的绝望一直延续到《兄弟》，叙述也从表层的想象表述发展到更深的反抗意识，甚至在90年代中期到《兄弟》之间保持一段孤独的沉默，而《兄弟》的出版引起的喧哗和争鸣未尝不是作家一种话语的抗争。

① 洪子诚. 中国当代文学史 [M]. 北京：北京大学出版社，1999：344.

② 余华. 活着 [M] // 余华. 余华作品集：第2卷. 北京：中国社会科学出版社，1995：292.

③ 王庆生. 中国当代文学 [M]. 武汉：华中师范大学出版社，2004：280.

　　80年代余华的绝望是鲜明且冷酷的，是愤怒且先锋的。冷酷的现实让作家意识到存在的绝望，人的冷酷、人的残暴和人的血腥，他压制着心中升腾的愤怒，他冷静地书写、叙述，他拒绝叙述"现实"的经验，他挖掘现实之外的人的欲望、人的本能和人的潜意识。余华在这个阶段充分张扬自己的非现实的感觉，残酷、血腥、死亡是他的文字的标签。如《十八岁出门远行》的核心叙述集中在这样一个细节：司机开车，车上装着苹果，许多乡下人（包括老人、孩子）都来抢他的苹果，把苹果抢光了，连车子的轮胎都被卸走了。车子、苹果都是属于司机的，然而当主人公"我"为了保卫苹果被打伤，鼻子挂在脸上不断流血的时候，这位司机居然无动于衷，而且站在远处朝"我"哈哈大笑。这是一种非现实的叙述，传统的情节、现实的感觉受到哲学的、非现实的挑战，歪曲的逻辑揭示一种生活的悖谬现象——为什么本来属于你自己的东西被抢了你却感觉不到痛苦呢？为什么帮助别人的人却要面对被帮助者的嘲笑呢？为什么自己一大车东西被抢了而无动于衷，却把别人的一个小背包抢走呢？这是生活的荒诞的悲剧，是艺术的冷漠的喜剧。在生活中，人的际遇是无助的、凄凉的，人与人的冷漠残酷是常态——人性恶是现实的存在。"生活着，就是使荒谬生活着。而要使荒谬生活，首先就要正视它。"因此，"反抗就是人不断地自我面呈。他不是向往，而是无希望地存在着。这种反抗实际上不过是确信命运是一种彻底的惨败，而不是应与命运相随的屈从"。①无论是《鲜血梅花》《现实一种》还是《古典爱情》，这些通常被看作对武侠、侦探、言情小说的戏拟作品都表达着一种人的情绪。正如克尔凯郭尔的理解，人生充满着焦虑、恐惧和绝望。"个人总是觉得自己孤独无依、空虚，陷入无从排遣的虚无状态，为异己的力量所包围。这种悲观消极的情绪，是个人对自己生存状态的最本真的体验。正是这种情绪驱使他采取行动，进行非此即彼的选择：要么美感地生活，沉溺于物质和精神上短暂的感性享乐之中，以逃避恐惧和绝望；要么宗教地生活，接受上帝的指导，用信仰去克服恐惧和绝望。"②——冷静的语言和孤独的文字带给作家另一个存在的空间，在这个空间里，作家可以自由地抒发情绪。

二

20世纪90年代，余华从《在细雨中呼喊》开始，故事的叙述方式发生了变化，然而绝望的情绪仍细密地弥漫在文字之中，这种绝望是一种沉入灵魂的绝望。

《在细雨中呼喊》开篇便表现这样的情境（这样的情境在小说中有所延续）：一个女人黑夜中的呼喊成为"我"挥之不去的梦魇。这是人类生活的一个绝望的景象，而我所期待的只是对这呼喊的应答，而应答本身就是对这种孤独的绝望的安慰。"在对外部世界的感悟中，在对自我的体验中，那种孤立无援的绝望却

---

① 加缪. 西西弗的神话 [M]. 杜小真，译. 北京：西苑出版社，2003：67.

② 郑伟. 信仰：孤独的精神之旅：克尔凯郭尔哲学的个体主义向度 [J]. 淮北煤炭师范学院学报（哲学社会科学版），2006（4）：61-65.

始终透出一种奇怪的幸福感。"①这种绝望的感觉是奇特的，也是苍凉的。笔者想起了鲁迅《秋夜》中"却已默默地铁似的直刺着奇怪而高的天空，使天空闪闪地鬼眨眼；直刺着天空中圆满的月亮，使月亮窘得发白"的枣树，更想起了《颓败线的颤动》中的"老女人"，"当她说出无词的言语时，她那伟大如石像，然而已经荒废的，颓败的身躯的全面都颤动了。这颤动点点如鱼鳞，每一鳞都起伏如沸水在烈火上；空中也即刻一同振颤，仿佛暴风雨中的荒海的波涛。她于是抬起眼睛向着天空，并无词的言语也沉默尽绝，唯有颤动，辐射若太阳光，使空中的波涛立刻回旋，如遭飚风，汹涌奔腾于无边的荒野"。②汪晖对此有过精彩的论述，他说："连无词的言语也沉默尽绝，这是怎样的情感体验，这是伟大的憎？神圣的复仇？无边的爱？粗暴的灵魂？这种复杂的人生体验使人达到对于生命最为深刻的理解：面对着个体的荒废、颓败，面对着世界的黑暗和虚无，'她'以沉默的绝望反抗，赋予自己的生命以如此悲壮、激烈又如此精彩绝艳、气充寰宇的形态！"③余华何尝不是一种孤绝的感觉，只是无法直言而已。余华的感觉我们无法体验，但是余华面临的困境却是我们共同面临的困境。他说："写作使我拥有了两个人生，现实的和虚构的，它们的关系就像是健康和疾病，当一个强大起来时，另一个必然会衰落下去。于是，当我现实的人生越来越平乏之时，我虚构的人

---

① 陈晓明. 胜过父法：绝望的心理自传：评余华《呼喊与细雨》[J]. 当代作家评论，1992（4）：4-10.

② 鲁迅. 颓败线的颤动 [M] // 鲁迅. 鲁迅全集：第2卷. 北京：人民文学出版社，1981：206.

③ 汪晖. 反抗绝望：鲁迅及其文学世界 [M]. 石家庄：河北教育出版社，2000：283.

生已经异常丰富了。"①这是余华《99余华小说新展示》6卷自序中的一段，也是他对人生的感喟。他看到人类普遍的生存状况，叙述了人的孤独、困惑、失落、绝望，用作品中人物的经验唤起读者的情感体验，有别于现实生活的"虚构的人生"是"异常丰富"。

《许三观卖血记》中的许三观卖血已经成为习惯，卖血成为生活的一种必然。每当生活中遇到难处，卖血成为许三观的第一选择，然而，当生活变化不需要他卖血的时候，他大哭道："每当咱们家遇到困难时就是我卖血才能解决啊，怎么就不需要卖血了呢?"生活就需要"卖血"，"卖血"是对困苦生活的反抗。"卖血"是走向绝望的起点，那是无助的绝望；而当"卖血"不需要时，是一种"凄凉"的习惯的改变，这是一种更深的绝望。如果给余华的"反抗绝望"的精神哲学寻找一种原型，那就是加缪在《西西弗的神话》中所描写的"失败的英雄"西西弗：

　　　　在西西弗身上，我们只能看到这样一幅画面：一个紧张的身体千百次地重复一个动作——搬动巨石，滚动它并把它推到山顶；我们看到的是一张痛苦扭曲的脸，看到的是紧贴巨石上的面颊，那落满泥土、抖动的肩膀，沾满泥土的双脚，完全僵直的胳膊，以及那坚实的满是泥土的人的双手。经过被渺渺空间和永恒的时间限制着的努力之后，目的就达到了。西西弗于是看到巨石在几秒钟内又向着下面的世界滚下，而他则必须把这巨石重新推向山顶，他于是向山下走去。②

---

① 余华. 黄昏里的男孩 [M]. 上海：上海文艺出版社，2004：2.

② 加缪. 西西弗的神话 [M]. 杜小真，译. 北京：西苑出版社，2003：143.

西西弗不可能将岩石推上山顶，他的劳役是无效的，他永远处于命运的戏弄之中，但却永远保持着反抗。《许三观卖血记》中的许三观不可能摆脱命运的桎梏，荒谬的命运每一次都在考验生命延存的力量，以残酷的对自己血液的索取，换取人生的延续。"卖血"是一种绝望的象征，象征着绝望的反抗。命运不会让我们屈服，即使处于绝望的状态，许三观依然要顽强地反抗，这是通过对荒谬和命运的藐视而获得的自我超越。"卖血"本身就是一种悲壮。"他（西西弗）爬上山顶所要进行的斗争本身就足以使一个人的心里感到充实。"①一个女人黑夜的呼喊、许三观的"卖血"与西西弗的"搬动巨石"是殊途同归的——残酷的命运是无始无终的，人生充满着绝望，反抗绝望也是无止境的。

谈到"反抗绝望"，不能不提《活着》。《活着》这部小说叙述人的一种活着的状态。《活着》中的徐福贵的父亲被徐福贵活活气死；母亲饿死；妻子家珍病重时间很长，以致患软骨病，病死；女儿凤霞高烧成了哑巴，最后生儿子大出血而死；福贵儿子有庆被抽血，血尽而死；偏头女婿被石板挤死；外孙苦根吃豆子撑死。福贵最后买一头老牛相依为命，孤苦地活着。福贵老人处于无助的悲凉、无奈的活着的状态。虽然余华在前言中这样写道："我听到了一首美国民歌《老黑奴》，歌中那位老黑奴经历了一生的苦难，家人都先他而去，而他依然友好地对待这个世界，没有一句抱怨的话。这首歌深深地打动了我，我决定写下一篇这样的小说，就是这篇《活着》，写人对苦难的承受能力，对世界乐观的态度。写作过程让我明白，人是为活着本身而活着的，而不是为了活着之外的任何事物所活着。"②虽然无数的评介都众口

---

① 加缪. 西西弗的神话 [M]. 杜小真，译. 北京：西苑出版社，2003：161.

② 余华. 活着 [M] // 余华. 余华作品集：第2卷. 北京：中国社会科学出版社，1995：292.

一辞地认为"活着就好",但是,笔者认为这是一种更深的悲凉、更深的绝望。"那么一个善良的人(福贵),在没有任何恶势力的情况下,你(余华)能够把他写得那样绝望。这种绝望本身就是一种不同寻常的命运思考。如果是恶势力,像香港的枪战片那样,那种绝望也就不稀奇。稀奇的是,像福贵那样善良的人,那么老实的一个人,一步步地走向绝望,一般人是无法抵达这种深度的。"[①]自己的亲人以各种非正常死亡的方式告别人世,一个又一个离开了自己,而福贵作为风烛残年的老人却活在人世,"活着"对垂垂老矣的福贵老人是最大的悲剧、最大的痛苦。克尔凯郭尔认为:"人身上存在着两极,一方面,人作为个体在有限的生命历程中要靠个体的自由选择方能真正行动,即个体的独立出场性;另一方面,个体的生存又是在一定背景下出场,这一切并非个体的自觉选择,而是强加于个体身上的。因此,生存的根基意味着人在此世活下去的根据和理由,同样也可以理解为生存的根本的荒谬性。只要人的生存两极缺少任何一极,那么个体就处于绝望之中。绝望是一种普遍的精神疾病,靠死亡从这种疾病中获救是不可能的,这疾病和它的折磨(及死亡)恰恰在于不能死去。"[②]这段话很好地阐释了福贵的生存状态,他已经没有生的乐趣,他也失去了社会存在的效用,他处于绝望之中,他的绝望恰恰是不能先于其他亲人而死去——活着恰恰是福贵老人的最大悲剧。笔者认为,绝望是文本中隐含着的真正含义,"活着就好"也等于活着就是"绝望地活着"。

---

① 洪治纲. 余华评传 [M]. 郑州:郑州大学出版社,2004:230.

② 刘慧姝. 论克尔凯郭尔绝望心理范畴的审美意义 [J]. 学术研究,2006(8):116-119.

～ 三 ～

　　2005年，余华小说《兄弟》的出版引起了读者的兴趣，也带来很多争议，甚至北京娱乐信报与天涯社区还联合发起调查，调查读者对《兄弟》的综合评价。《兄弟》讲述李光头和宋钢这一对不同父又不同母的兄弟的故事，上部讲"文化大革命"期间的事情，下部则叙述当代的现实。余华在《兄弟》的后记中写道："这是两个时代相遇以后出生的小说，前一个是'文革'中的故事，那是一个精神狂热、本能压抑和命运惨烈的时代，相当于欧洲的中世纪；后一个是现在的故事，那是一个伦理颠覆、浮躁纵欲和众生万象的时代，更甚于今天的欧洲。一个西方人活四百年才能经历这样两个天壤之别的时代，一个中国人只需四十年就经历了。"①作家表达的意思已经很明确，他非常想贴近现实地描写"文化大革命"和现实。"现实远比我的小说让人难以置信。我写《兄弟》，是想尽量离生活近一点，我集中描写了现实。……与现实的荒诞相比，小说的荒诞真是小巫见大巫，写到后来我发现了，现实给了我超现实，通过超现实，我又回到了现实。"②不过，余华没有想到这部小说会引起强烈的论争，批判者有之，比如认为"情节的失真、语言的粗糙"；赞誉者有之，有学者认为"《兄弟》站在一种对时代特征的高度临摹之上，这与以往余华作品的精神内涵是一致的"。③其实，余华也可以像一些成名的作

---

①余华. 兄弟：上［M］. 上海：上海文艺出版社，2005.

②余华，严峰.《兄弟》夜话［J］. 小说界，2006（3）：43-49.

③谢有顺，程永新.《兄弟》是劣作还是佳作？［N］. 深圳特区报，2006-04-23.

家那样摆出不屑争辩或置之不理的态度，但是他为什么要激烈地捍卫这部似乎不是很成功的小说呢？至少可以这样解释，他很看重和很在意这部作品；他的写作很努力也很艰难，虽然也许没有达到预期的目的，但是抒发了一种情绪。比如《兄弟》中，李光头偷窥女厕所而被游街，然后通过讲述看屁股来换取三鲜面；宋凡平死后无法进入棺材，尸体只好重新被人用砖头砸断小腿；李光头搞一个"处美人"大赛，三万人的刘镇来了三千处美人……这些细节是荒诞而又离奇的，然而源于现实，又是现实"可能性"的一种。余华表达了一种困惑和焦虑，面对着"伦理颠覆、浮躁纵欲和众生万象"的年代，他在价值失范和虚无主义中体会到了绝望感。阿多诺说过："在绝望面前，唯一可以尽责履行的哲学就是，站在救赎的立场上，按照它们自己将会显现的那种样子去沉思一切事物。"①也许余华的叙述过于简单和仓促，但是他绝望的姿态是坚定的，他是"站在救赎的立场上"，"沉思一切事物"。

　　进一步来看，一部毁誉参半的小说可以讨论其论争背后的意义，从而去理解作家的精神世界和哲学思考。比如今天重读《伤痕》。在《伤痕》发表之后，"人们提到这篇小说，总会忍不住补充一句：'小说手法幼稚'。"②然而，在这篇小说发表近几十年的今天（1978年8月11日上海《文汇报》发表卢新华的小说《伤痕》），重新理解它会更具有史学意义，正如有人这样论述，"此后（《伤痕》发表之后），各种版本的《中国当代文学史》都离不开对'伤痕文学'的描摹与讲述，尽管繁简有别，历史定位高低

---

① 陈晓明. 无边的挑战 [M]. 长春：时代文艺出版社，1993：262.
② 张洁. 论《伤痕》[J]. 文艺争鸣，2007（6）：119-124.

有异，但'伤痕文学'是一个绕不过去的存在却是基本共识"。①
的确，这样看来，对《兄弟》贴近的评价也许可以由时间和历史
去检验。笔者觉得或褒或贬地申明粗陋的见解，不如理解作品的
发生意义和逼近作家的创作情绪。米兰·昆德拉创作多篇小说
后，深切地悟道："小说不研究现实，而是研究存在。存在并不
是已经发生的，存在是人的可能的场所，是一切人可以成为的，
一切人所能够的。小说家发现人们这种或那种可能，画出'存在
的图'。"②从发生学的角度讲，创作是一种精神性劳作。《兄弟》
这部小说能够开掘作家潜意识的思想，精神的孤独、寂寞、绝望
就是一种存在和一种发现。

《兄弟》开篇是这样的一段：

　　李光头坐在他远近闻名的镀金马桶上，闭上眼睛开始想
象自己在太空轨道上的漂泊生涯，四周的冷清深不可测，李
光头俯瞰壮丽的地球如何徐徐展开，不由心酸落泪，这时候
他才意识到自己在地球上已经是举目无亲了。

　　他曾经有个相依为命的兄弟叫宋钢，这个比他大一岁、
比他高出一头、忠厚倔强的宋钢三年前死了，变成了一堆骨
灰，装在一个小小的木盒子里。……

结尾是这样的一段：

　　李光头像一个老人那样喜欢唠叨了，……他伸出一个手

① 张洁. 论《伤痕》[J]. 文艺争鸣，2007（6）：119-124.
② 米兰·昆德拉. 小说的艺术 [M]. 北京：生活·读书·新知三联书店，
1992：42.

指，说中国佬李光头只带一样东西上太空，是什么？就是宋钢的骨灰盒。……

"从此以后，"李光头突然用俄语说了，"我的兄弟宋钢就是外星人啦！"①

我们可以在《城堡》里为人物寻找到相似的命运。余华在读书笔记中写道："生活中的卡夫卡就像《城堡》里的K一样，他们都没有获得主人的身份，他们一生都在充当着外乡人的角色。共同的命运使这两个人获得了一致的绝望，当K感到世界上已经没有一处安静的地方能够让他和弗丽达生活下去时，他就对自己昙花一现的未婚妻说：'我希望有那么一座又深又窄的坟墓，在那里我们俩紧紧搂抱着，像用铁条缚在一起那样。'对K来说，世界上唯一可靠的安身之处是坟墓；而世界上真正的道路对卡夫卡来说是在一根绳索上，他在笔记里写道，'它不是绷紧在高处，而是贴近地面。它与其说是供人行走不如说是用来绊人的'。"②宋钢是精神的象征，李光头是物质的象征，而精神的纯粹、物质的芜杂都在这个世界遭到抵抗和拒绝，他们都是"外乡人"。宋钢选择凄惨的卧轨，李光头选择了"逃亡"，生对于具有象征意义的兄弟已经失去了意义。

那么，十年未写小说的余华创作《兄弟》时，在想什么呢？在《余华评传》中有这样的对话，问："从《十八岁出门远行》开始，包括《死亡叙述》《一九八六年》《此文献给少女杨柳》《古典爱情》等，都充满了一种绝望的情绪，充满了一种无奈和伤痛的感受，一种很无助、很无望的感受。这是不是表明它们其

---

① 余华. 兄弟：上 [M]. 上海：上海文艺出版社，2005：446.

② 余华. 温暖和百感交集的旅程 [M]. 上海：上海文艺出版社，2004：96.

实就是你对人生的一种认识，或者说是一种基本的世界观?"余华回答道："我感到这种绝望至今都还伴随着我，并没有因为我几年没有写小说了，然后它们就慢慢消失了。我发现它们还是和我在一起。你看看我写的随笔就知道了。我仔细想想，我的随笔里面写的那些作家个个也都很绝望，不绝望的作家我几乎是没有认同感。"①

从这段对话能够深入作家的内心世界。接下来的谈话可以看出这是余华写作《兄弟》的时候接受的采访。在写这部小说时，沉潜在作家内心的绝望又一次不可遏制地喷发出来。余华的绝望是自始至终的，笔者不知道他对未来的想法。笔者想起福楼拜未完成的《布瓦尔和佩居歇》（1880年写最后一章，福楼拜不幸猝然去世）这部重要小说的结尾部分，书中涉及两种面对未来的观点——就作为本文的结尾吧。

佩居歇把人类的前途看得很黑暗：

现代人变渺小了，变成了一种机器。……

极端的个人主义和狂迷的科学导致了野蛮。……

如果89年以来的动荡在两条出路之间没完没了地继续下去，它们就会以自身的力量将我们席卷而去。理想、宗教、道德将不复存在。

美国将会征服全球。……

素养低下的现象将会全球化。……

热量接近将导致世界末日的到来。

布瓦尔把人类的前途看得很美好，现代人在进步。

---

① 洪治纲. 余华评传［M］. 郑州：郑州大学出版社，2004：231.

欧洲将借助亚洲复兴起来，鉴于历史规律是文明总是从东方传到西方（中国扮演着重要的角色），东西双方的人最终将融为一体。……

巴黎将成为冬季的花园。……塞纳河将会被过滤，变得热起来，——人造宝石将非常丰富，——镀金的饰物将比比皆是……

所有的民族将相通。人民将欢庆这一天的到来。

人们将会到星球上去，——当地球上的资源枯竭时，人类将把家搬到星星上去。①

---

① 伊夫·瓦岱. 文学与现代性 [M]. 田庆生，译. 北京：北京大学出版社，2001：69.

温婉与残酷：个体的历史命运
——读《赤脚医生万泉和》

历史的存在，一种是在正式的历史文献中被记录；另一种是在作品的叙述中得到延续，也可以说是民间叙述。范小青的长篇小说《赤脚医生万泉和》就是对历史的一种素描式的诉说，这种平稳的诉说令旁观者产生慨叹——个体的历史记忆是温婉的也是残酷的，是现实的也是荒诞的，是平铺直叙的也是惊心动魄的。《赤脚医生万泉和》讲述的是一个有脑膜炎后遗症的主人公万泉和不想做一个赤脚医生，却一次次被动地成为乡村赤脚医生的故事，叙述手法和语言虽然很平实，但对现实的存在却寄寓讽喻之意。正如米兰·昆德拉说："小说不是研究现实，而是研究存在。存在并不是已经发生的，存在是人的可能的场所，是一切人可以成为的，一切人所能够的。小说家发现人们这种或那种可能，画出'存在的图'。"①我们从小说中品读到作家对荒诞世界的敏锐的怀疑和透彻的追问，体察到作家对人的生存和人的存在的哲学意义上的关注。

---

① 米兰·昆德拉. 小说的艺术 [M]. 北京：生活·读书·新知三联书店，1992：42.

〜 一 〜

小说中塑造了一系列人物，而万泉和毫无疑问就是焦点人物。一个脑膜炎后遗症患者，他的行为、举止、言谈似乎与正常人没有更多的差异，像正常人一样生活着、恋爱着、工作着。然而，万泉和对世界的观察、体验、感悟与常人迥然相异，他用自己的视角告诉我们历史的"原景"；我们从他的视角中发现世事的变迁、时代的更迭和"真实"的社会。大众的浑浑噩噩、庸庸碌碌、愚昧无知和荒诞不经，他们自己都已经习以为常，然而，万泉和却看到世界的扭曲和变异。万泉和的智力是不正常的，所以，怀疑和困惑笼罩着他的一生；正常的人，没有困惑和怀疑，然而行为观念却可能是荒诞可笑的。

小说开篇从万泉和自我叙述开始。"我的情况大致是这样的：十九岁，短发，有精神。如果要想知道我在这个世界上的位置，事情就更复杂了，我们先要知道这个世界叫什么。但那是完全没有必要的，因为世界叫什么跟我们没有关系，更何况，这世界上根本就没有人想知道我的位置。"他说："在这个世界上找到我很难，我的理想就是做一个木匠。"万泉和是一个现实中存在的人物，然而与世界好似没有关系，因为他不想知道现实的"世界"，"世界"上也没人想知道他的"位置"，这和《叶甫盖尼·奥涅金》中的奥涅金与《奥勃洛莫夫》中的奥勃洛莫夫这两个著名的"多余人"是有相似性的，他们期望个人奋斗，结果是陷入无边的苦闷和彷徨。比如小说中万泉和治疗病人的手段和结果都在现实中出现，如看到小孩子耳朵红肿，细细查看之后，从小孩子耳朵中夹出一个豆子；万泉和看出病人的浮肿并予以治疗等。而很多故事，比如得到十多岁的小姑娘的爱恋、受到鬼精的万小三的捉弄等，则是虚构的叙述。这里的叙述既有现实遗留的温婉影像，也有荒诞时代的历史伤痕。小说为读者提供第一人称叙述，不过开篇就隐约暗示叙述者也是"世界"的旁观者，叙述的故事既是曾经的历史的可能，又是一种小说家虚构的存在。主人公的出场颇具隐喻意义。因为这已经预示，世界上的人都是在寻找，而寻找的结局是茫然无终或者与结局相异的。

万泉和的理想是当一个木匠，这就是他人生的全部意义。不过，他的所有想法大概都可以有答案，唯独做木匠却不可能；而他不想做赤脚医生，却不断地被举荐为赤脚医生。小说中的人都认为万泉和是赤脚医生最合适的人选，唯独他的父亲万人寿不同意，但是已经不能阻挡大众的意见。个体的人的意志在时代的历史中是微不足道的，任何个体的利益都属于集体的利益、大众的利益。马克思说："只要特殊利益和共同利益之间还有分裂，也就是说，只要分工还不是出于自愿，而是自然形成的，那么人本身的活动对人来说就成为一种异己的、同他对立的力量，这种力量压迫着人，而不是人驾御着这种力量。"①万泉和并不是一个孤独的行者，在这条路上行走着许多同样的先行者——比如《狂人日记》中的狂人，比如《爸爸爸》中的丙崽，他们都不是常态下的人，他们是异化时代忍耐和清醒的象征，他们无法驾驭社会的力量，然而他们的存在是一种提醒——历史进程蕴含诡异的必

---

① 马克思，恩格斯. 德意志意识形态（1845年秋—1846年5月）［C］// 马克思恩格斯选集：第1卷. 2版. 北京：人民出版社，2009：85. 参看《马克思恩格斯选集》（第2卷44页）中的《神圣家族》（1844年9月）论述的异化部分，比如他们认为"无产阶级在这种异化中则感到自己是被毁灭的，并在其中看到自己的无力和非人的生存的现实"。

然，这种必然给人带来沉重的思考。万泉和缺少狂人的精神和丙崽的焦虑，他是历史过程中一种隐含的宿命的可能。故事的叙述表明历史并不是清醒的历史，历史是一个惯性的懒惰的存在。在中国当代历史的乡村，"红汞碘酒阿司匹林"曾经是赤脚医生的代称，赤脚医生是温暖的记忆。同样，这预设一个可能的问题——赤脚医生身份的合法性。什么样的人才能有资格呢？比如贫下中农子女、小学毕业等，如果是医生世家，那更是天然的合目的、合要求的。万泉和初中毕业、性格温和、父亲是医生，符合赤脚医生的条件，至于他是不是一个健全的人不是考虑的条件。然而恰恰如此，时代呈现其荒诞的特征、荒谬的本质。个人的需要服从集体，个人的理想服从现实，个人没有权利决定命运、没有力量改变命运，任何个体在集体世界中存在、在公共利益中生存。万泉和的出现注定其命运的轮回——成为赤脚医生是其必然的命运。这是荒诞的乡村伦理与愚昧的历史现实对主人公万泉和开的悖谬的玩笑。

二

主人公万泉和作为个体具有极大的象征意义和隐喻含义。万泉和是一个力争按照自己意愿生活的人，他对人生有着自足和懵懂的规划，然而个人的命运在特定的时期不是都能由自己掌控，"智障"的人（笔者认为万泉和的脑膜炎后遗症使他成为"智障"）更是处于被控制的位置。美国的萨林斯认为，"在吉登斯看来，现代性情境中的个人的自我认同，一方面是新条件下追求自我成就感的表现，代表个体超离制度制约的努力，另一方面又只不过是现代性制度反思性的延展而已。……而且，由于现代社会中制度丛结具有高度的外延性，因此个人对生命历程越有自觉的规划，现代性的控制力就会越强大。其结果是，个体的经验会逐步被存封起来，变得与事件和情境越来越疏远，从而丧失生命历程的道德性"。①虽然万泉和努力反抗想达到"自我认同"（他想做一个木匠），但是并没有成效，他留下的只是"反抗者"的身影。万泉和的抗争越强烈，压制越沉重，他的抗争基本是无效的，无论是物质层面还是精神层面，但是他的单纯的追求却一直保存在他的内心。正如海德格尔这样分析荷尔德林的一首诗"诗人之使命"，末节是"但无畏者在上帝面前还是孤独一人/这是他必然的处境/保护他的是单纯/他不需要武器，不需要机诈/直到上帝的空缺对他有所帮助"。②显然，诗人具有哲思的思辨，这首诗可以帮助我们理解万泉和。万泉和的迟缓与愚钝是他"立世"的重要武器。在某种意义上，他是社会民众的代言者，他一直努力寻求着改变，寻求社会对个人的理解和尊重，然而最终的结局是绝望。"智障"的主人公意识到自己反应迟钝，意识到自己的卑微和低贱，他的纯粹的追求虽然始终不变，对世界的认识却不断发生变化。他体察到社会的冷酷和无情，认识到人间的恐惧和可怖。他不想做赤脚医生，然而没有主宰命运的权利；他想做一个木匠，可是连备受世人欺负的富农裘金才都能嘲笑他；他想谈恋爱，但是一个个女人离他而去，即使他宁肯"戴绿帽子"，女人也要弃他而去；他想拯救穷人的病苦，然而根本不懂医术；诡异

---

① 王铭铭. 萨林斯及其西方认识论反思（代译序）[C] // 马歇尔·萨林斯. 甜蜜的悲哀. 王铭铭，胡宗泽，译. 北京：生活·读书·新知三联书店，2000：20.

② 马丁·海德格尔. 存在与在 [M]. 王作虹，译. 北京：民族出版社，2004：107. 参看《存在与在》中海德格尔对诗人精神的巨大的孤独的剖析。

的是，他最后想做赤脚医生的时候，却又被认证是脑膜炎后遗症，而不能做；他不想和小马莉谈情说爱，十二岁的马莉却每天唱"万泉河水清又清"和"我爱五指山，我爱万泉河"，表达自己想和万泉和在一起的心愿；等等。万泉和的荒诞经历是"智者"存在的必然结局。恩格斯说："他们既然对物质上的解放感到绝望，就去追寻精神上的解放来代替，就去追寻思想上的安慰，以摆脱完全的绝望处境。"①然而寻求而不得，那么就会使人陷入更深的绝望的深渊。

万全林带着自己的生病的儿子万小三来看病，没有见到万泉和的父亲万老医生，就要求万泉和给儿子看病：

> 万全林急得说："没有这个道理的，没有这个道理的，你爹是医生，你怎么不会看病？"我（万泉和）说："那你爹是木匠，你怎么不会做木工呢？"万全林说："那不一样的，那不一样的，医生是有遗传的。"我说："只听说生病有遗传，看病的也有遗传？没听说过。"我竟然说出"没听说过"这几个字，把我自己都吓了一跳，这是我们队长裘二海的口头禅，我怎么给学来了，还现学现用？

医生也是有遗传的，任何职业都有遗传。"我"（万泉和）提出质疑，却不会被人相信和采纳。人们的麻木愚昧的观念是传统的惯性思维，没有人去质疑其中的不合道理、不合逻辑，人们习惯于从众思维的"合理性"。万泉和竟然会说"没听说过"，这毫无疑问是权威话语的象征，因为这是队长的口头禅，只有队长才

---

① 恩格斯. 布鲁诺·鲍威尔和早期基督教 [C] // 马克思，恩格斯. 马克思恩格斯全集：第19卷. 北京：人民出版社，1972：334.

有资格说这样的话，万泉和是没有资格说的，也不应该会说，但是当他说出了一个普遍性的真理的时候，普通民众却觉得是荒谬的。万泉和作为清醒的个人存在是无意识的，正如同安徒生笔下的单纯的孩子大声说出"皇帝身上什么也没穿"，然而清醒地看到事实真相的民众却集体缄默。历史再一次在人类前行的途中与现实开着玩笑，民众只相信权威和体制，相信固有的传统和习惯，个体声音在这里是被湮没的。队长裘二海和鬼点子多的万小三"合谋"促使万泉和成为赤脚医生，当权者和阴谋家按照自己的意愿行事，这是社会的人的权力控制欲望的必然结果。万泉和的委屈和压抑可以想见，所以，后来万泉和自己说："说实在，这些年来，我这个医生当得并不顺利，也不理想，更没有水平，但是时势造英雄，是时代和个人的综合力量一次次把我推到医生的岗位上，又一次次地把我掀下来。"万泉和对自己的人生遭遇和荒诞的历史现实有着深刻的认识。"这个世界的许多异常现象已经得到如此广泛的认可，以至于只有某些特异的眼光才能发现问题。如果说，那些高踞云端的思想家、哲学家具有一双洞悉一切的慧眼，那么，另一些'稚拙'的追问也可能甩开种种世俗的成规，返璞归真——许多时候，思想家、哲学家与傻瓜们并没有多少区别。"①万泉和也许是软弱的善良，也许是懦弱的清醒，但毕竟是善良和清醒。这种善良和清醒使万泉和保持着对世界的怀疑，而后退的疑问是智能低下的万泉和最有效的生存法则。

主人公万泉和知道自己是脑膜炎后遗症患者之后，他知道自己不适合再做赤脚医生了，他无奈地逃回家，守望不可知的未来。狂人（《狂人日记》）始终对外界保持着高度警惕，对每一个

---

① 南帆. 良知与无知：读范小青的《女同志》、《赤脚医生万泉和》[J]. 当代作家评论，2008（1）：4-8.

正常人的行为都能够看到隐藏的危险，这是一个"智者"的潜在的洞察，所以他大声呐喊。呆傻的赵小甲（《檀香刑》）看到世界的变化、民族的动荡，他透过"傻子的视角"观察到他周围的人都是不同的动物，那是清醒的洞察。萨特的《恶心》中的主人公洛根丁自叙："也许我的确曾经有过一点儿神经错乱。现在已经没有任何痕迹了。上星期我所有的那些古怪的感觉，今天我看来觉得十分可笑，我再也不会有这些感觉了。……如果我没有弄错，如果积累起来的征象是我的生活将发生一个新的大变化的预兆，那么我是害怕的。……我害怕的是将要发生的东西，将要控制住我的东西——而且它要把我卷到哪儿去呢？"[①]万泉和对自己存在的追问与洛根丁"自叙性"的疑问是一致的——精神抑郁或者"智力残缺"的人对荒诞世界的敏锐的感悟和透彻的追问，叙述者的迷惘和焦虑就是创作主体关注的人的生存和人的存在的问题。

三

　　小说的叙述并不是时尚的令人晕眩的先锋创作手法，而是平淡的主人公的第一人称的诉说。不过，小说中某些环节还是能够显示出作家的创造力和想象力。小说八次勾画万泉和家所在大院的平面图形，并清晰地标明万泉和家的位置。那么万泉和家的图形不仅仅是位置的变化，而是具有隐喻的意义。图形的隐喻意义在哪里呢？

　　小说固定给万泉和的角色是"赤脚医生"，他无法跳脱出来；

---

① 萨特. 萨特文集：卷1 [M]. 北京：中国检察出版社，1994：5.

一旦跳脱，逃出"赤脚医生"的羁绊，他便成为个体的独立的自由的自我。住所是一种"枷锁"，牢牢地锁住主人公的命运，房间就是万泉和的枷锁。"背景可能是一个人的意志的表现。……一个男人的住所是他本人的延伸，描写了这个住所也就描写了他。"①万泉和的房间虽然内景没有详细的描写，但是我们可以通过简略的图形和粗略的叙述获得信息，万泉和家非常简陋和简单；而重要的是房间的不断变化，这是对主人公的一种延伸的描述。例如小说中第四次勾画的万泉和家的图形，房间扩大了，这是万泉和不做医生以后，拓展了人的生存空间和心理空间。但总体来讲，每次房间的位置的变化，都是万泉和以付出和牺牲自己的利益为代价；每次房间的变化，基本的趋势是万泉和的房间越来越小，位置越来越差。房间随着万泉和的退缩而不断缩小和改变着自己的位置。社会和时代扼杀了他的欲望、信念、理想等，具体到生活的细节——他的情感和理想都是残缺的（万泉和缺少情爱、母爱和父爱，父亲后来痴呆变哑；他不能实现做木匠的理想；他不想去做医生却被推上无奈的境地，真正想做医生的时候却被残酷的"驱逐"）。万泉和不断地逃避和退缩，然而仍旧无法逃避社会的"围剿"，他的生存空间和生活理想受到极大的摧残。

小说的重复意味着还原生活真实场景的可能。小说中万泉和的住宅八次被描述，其住宅图纤毫毕现地呈现出来。然而每一次重复却不是上一次的翻版，而是营造为第三者的反映。米勒曾经分析过英国作家哈代的《卡斯特桥市长》的重复场景：该书以亨查德卖妻的场景开局；在亨查德结束自己的生命之前，他又回到了当初卖妻的地点，然而实际上他是认错了地方。米勒认为，

---

① 勒内·韦勒克，奥斯汀·沃伦. 文学理论 [M]. 刘象愚，邢培明，陈圣生，等译. 南京：江苏教育出版社，2005：260.

"每一种形式的重复以一种不可避免的强制力使人想起了另一种形式的重复。第二种并非是第一种的否定或者对立面，而是它的'对应物'，在这种奇怪的关系中，第二种是第一种的颠覆性幽灵，总是作为挖空它的可能性已经存在它之中"。[①]也就是说，小说中的住宅图看似重复，但实际上已经有了变化。万泉和的家在第一张图上有两间独立的房间，一间正房和一间厨房；在第八张图上，就仅剩下东厢房（即厨房）是自己的。每一幅图都是上一幅的"对应物"，映衬生活空间和灵魂空间的双重压迫，抑制了主人公的自由思想和想象空间。这意味着，万泉和和他的父亲逐渐被历史和社会遗忘，他们只能透过窗子，去看这个世界的变化，"只要这个窗不封上，我们还能看见院子里发生的一切"。执着的追问和迷惘的未来构成存在的矛盾，人的生存空间的狭仄是现实存在与社会伦理的冲突必然的结局。

我们把小说的开篇和结尾进行链接阅读，可以看到作家的缜密的思想系统和谨严的逻辑思维。小说最后描写道：

坐我家的院子里，可以守望我们村通往外面世界的这条路。

我和我爹一起守望着村口的大路。

……两个年轻的小伙子，……他们就像两只大鸟一样飞扑了过来，一个扑到我跟前，一个扑到我爹跟前，他们跪在地上大声喊道："爷爷——爹——"

这时候我听见我爹喉咙里咕噜了一下，随即他声音宏亮地喊了起来："牛大虎——牛二虎——"

---

① 赵一凡，张中载，李德恩. 西方文论关键词［M］. 北京：外语教学与研究出版社，2006：16.

历史是轮回的历史。脑膜炎后遗症的万泉和痴呆的父亲曾经是那么重要的存在，然而现在只是历史的记忆。耐不住寂寞的和尚最后还是回归寂寞，做自己的和尚。但不同的是，"智障"万泉和终于可以不去做赤脚医生了，他寻找到灵魂的皈依地；父亲万人寿开口说话了，重新找到了自我的价值。"几十年前的两个人，现在还是两个人"，吊诡的是万泉和医治良久的牛大虎、牛二虎并不是哑巴，而病重失语的万人寿竟然能够开口说话——万泉和的退缩和承纳起到救赎和启蒙的意义。想起法国戏剧家的《等待戈多》，虽然两个流浪汉茫然地等待戈多，虽然不知戈多是谁，但毕竟还有希望。如果我们去读萨特的《恶心》的结尾主人公洛根丁的自叙，我们分明找到相同的感觉：

> 我会对自己说：就是从那天，从那时开始了一切。那么我就能够通过我的过去，而且仅仅通过我的过去，来评定自己是怎样的一个人。
>
> 夜降临了。春天旅馆二层楼上有两只窗户亮了起来。新火车站的建筑工地发出强烈的潮湿的木料的气味：明天，布城一定会下雨。①

我们否定现实的存在和可怖的历史，然而我们对未来还是抱有希望的。赤脚医生万泉和与他的父亲几乎被历史遗忘，然而生命的延续就是牛大虎和牛二虎的归来，也是新的生命在自由的精神下开始成长。而且，谁又能说这不是一个新的希望的开始呢？

---

① 萨特. 萨特文集：卷1 [M]. 北京：中国检察出版社，1994：239.

一部藏民族的"精神史"

——读次仁罗布①小说《祭语风中》

小说是具有多种叙事方式的文学样式，文本或显或隐地表达着作者的观点、思想，而故事的不确定性、主人公的存在，以及叙述者以何种可能、何种方式存在作品中，是小说的叙述效果、叙述影响完成的重要因素。英籍美裔小说家亨利·詹姆斯说："在小说提供给我们的东西中，我们越是看到那'未经'重新安排的生活，我们就越感到自己在接触真理；我们越是看到那'已经'重新安排的生活，我们就越感到自己正被一种代用品、一种妥协和契约所敷衍。"②面对着小说提供给我们的可能，法国小说家弗朗索瓦·莫里亚克非常赞同亨利·詹姆斯的观点，他说："没有一种东西能够像小说那样，真实地把人类生活的不确定性描绘得像我们所知道的那样。"③次仁罗布的小说《祭语风中》为读者提供了"陌生化"的视域，让我们看到"人类生活的不确定

---

① 次仁罗布（1974— ），中国当代作家，代表作品《杀手》《神授》《红尘慈悲》等。

② W.C.布斯. 小说修辞学［M］. 华明，胡晓苏，周宪，译. 北京：北京大学出版社，1987：25.

③ 同②：26.

性",看到"时间之轮缓缓旋转,无法自外于整个世界的那些人,其命运也在寻路向前的激流中起伏跌宕"(阿来语),这种"陌生化"和"不确定性"让我们体察到作品意旨的多元性、历史想象的可能性与宗教话语的丰富性。

一

  叙述是小说作品的重要呈现方式,而如何叙述是小说家思考的重要问题,跳出单一叙述视角,采用多种叙述方式是作者的重要表现手段。在《祭语风中》里,晋美旺扎作为主要叙述者,他的叙述表达着自己内心的理想诉求和个体的价值判断。第一人称成为主要叙述形式,这也意味着很大的冒险,"第一人称的选择有时局限很大;如果'我'不能胜任接触必要情报,那么可能导致作者的不可信"。①而这种不可信将会导致读者的怀疑。所以,作者在选择第一人称之外,递进选择"故事中的故事",圣者米拉日巴作为"您"或者"你"出现,成为第二人称的叙述对象,米拉日巴的艰难困苦,玉汝于成的故事,成为所有人的精神支持和灵魂向往,也为晋美旺扎的现实主义叙述增添了浪漫主义的"魔幻"色彩。而第二人称叙述明显具有反常规阅读体验,又具有类似戏剧中的"第四堵墙"的效应,意味着读者成为叙事的参与者,接受了参与叙述的行为。

  在第七章《救赎》中,小说写道:

---

① W.C.布斯. 小说修辞学 [M]. 华明, 胡晓苏, 周宪, 译. 北京: 北京大学出版社, 1987: 168.

> 乘着夜色，您（圣者米拉日巴）背着放咒术和降雹的书离开了绰洼隆。走在寂静的山道上，您还是忍不住要回头看看曾经在山头上建筑过的地方，回想那些艰辛，心里为蹉跎岁月涌起一丝悔意来。[①]

这里，正如同博尔赫斯《玫瑰色街角的人》中的第二人称叙述，所有读者都成为叙事的参与者，聆听着主人公的叙述与讲解，与故事中的人物一起跌宕起伏，然而，恍然一瞬，读者意识到进入作者的"圈套"，不仅仅跟着主人公前行，而且伴随着主人公故事中的"主角"喜怒哀乐、唏嘘不已。圣者米拉日巴是瑜伽密教修行者，在西藏许多民间传说里流传他的故事，作者进行演绎。另外，在不同的剧目、小说中也不断表现米拉日巴的神奇，产生作品与作品、作品与现实相互"映射"的奇特效果。

如果仅仅如此，还不能满足叙述需要，作者在叙述之初，采用一种并行结构，是一种"复调"式的叙述方式。按照巴赫金的解释："在复调结构的基础上，主人公及声音（可能拥有）的相对立的自由和独立性；在复调结构里提示思想的独特方式；构建小说整体的新的结合原则。"[②]《祭语风中》里的主人公晋美旺扎具有"自由和独立性"，其作为多重声音的一种得以鲜明的体现，而且其思想一以贯之，持之以恒，沉默的内心如同圣者米拉日巴一样坚韧不可屈服。无论是在跟随上师希惟仁波齐逃亡的时刻，还是在还俗后娶妻并被"戴绿帽子"侮辱后，还有在人生的最后，自己坚持上天葬台的时候，他都一如既往地坚持希惟仁波齐

---

① 次仁罗布. 祭语风中 [M]. 北京：中译出版社，2015：386.
② 北冈诚司. 巴赫金：对话与狂欢 [M]. 魏炫，译. 石家庄：河北教育出版社，2001：53.

的精神执念、坚守圣者米拉日巴的精神导引。

晋美旺扎在生命的最终阶段，他的所有亲人、朋友都先他而去，他知道他俗世已了，佛缘未尽，他依旧是一名僧人：

> 唯有从窗帘没有遮掩的缝隙中，能窥探到一颗星星在遥远的天际闪亮。那颗星星让我从惊恐中慢慢挣脱出来，心渐渐复归到了平静。
>
> 我跏趺坐在床上，希惟仁波齐清癯的面颊盛着微笑映现在我的眼前，就那么一瞬，温馨而又伤感。①

晋美旺扎作为叙述者，自由穿行于文本中，很好地完成衔接，与上师形成对话。在这种叙述方式下，圣者米拉日巴、上师希惟仁波齐、僧人晋美旺扎一脉相承，三位一体，也形成一部传承的精神史。"大多数值得阅读的作品具有如此众多可能的'主题'，如此众多可能的神话的超验的或象征的类似事物，以至于发现它们中的任何一个，宣布它是作品赞成的东西，也至多是完成了很小一部分批评任务。我们对隐含作者的感觉，不仅包括所有人物的每一点行动和受难中可以推断出的意义，而且还包括它们的道德和情感内容。"②作者隐含在背后，叙述者站在前面，但是作品所展示的情感体验和内涵表达体现在叙述话语中，或者来自简单的陈述，或者来自叙述者的外在表达。《祭语风中》里晋美旺扎作为主要叙述者，其所表达的意旨和思想，显然具有隐含作者的内容陈述，然而，这并不是全部，其他人的合理质疑、对

---

① 次仁罗布. 祭语风中 [M]. 北京：中译出版社，2015：442.

② W.C.布斯. 小说修辞学 [M]. 华明，胡晓苏，周宪，译. 北京：北京大学出版社，1987：83.

冲表达也是隐含作者的怀疑与表达，至于"主题"的赞同或者否认则直接留给读者，见仁见智，全凭读者的阅读体验。若有若无的"基调"还是能在作品中得到暗示的，"隐含作者的某些方面可以通过基调变化来指出，但是他的主要特点还将依赖于所讲故事中的人物和行动的确凿事实"。[①]因为讲故事的叙述者总是能够更自由地表达自己的理念和观点，"他"必然获得更多的丰富空间和延长时间来诉说，这也会获得更多读者的认同，也间接达到隐含作者的叙述目的和理想效果。

《祭语风中》是"多重声部"演奏成的"复调"，一是叙述者的独立，二是叙述的并列性，三是作品中的"镶嵌体裁"。作品为双线结构，正文为晋美旺扎一生的成长叙述和讲述米拉日巴的故事，辅文为并列的对话结构——僧人晋美旺扎上天葬台之后与上师希惟仁波齐"转世"的希惟贡嘎尼玛对话，他们坐在天葬台，谈论前半个世纪的故事——既是独立的叙述，又是补充事件发生的时间，同时对故事进行评述。晋美旺扎既是叙述者，又是故事的补充者；希惟仁波齐既是被叙述者，又是"转世"现世中的希惟贡嘎尼玛；同时，二者又是历史的道德评判的"法官"，也是时不时"插话"的听众。这种"多重声部"的"复调"叙述方式，仿佛使我们听到不同乐器的合奏，会听出不同的主题，产生不同的联想。

我们观照作品叙述的时候，也注意到作品中的"镶嵌体裁"。巴赫金在《小说理论》中提到："小说中的镶嵌体裁，既可以是直接表现意向的，又可以完全是客观的，亦即根本不带有作者意向（这种语言不是直说的思想，而是表现的对象）；但多数情况

---

① W.C.布斯. 小说修辞学［M］. 华明，胡晓苏，周宪，译. 北京：北京大学出版社，1987：83.

是在不同程度上折射反映作者意向，其中个别的部分可能与作品的最终文意保持着大小不等的距离。"①小说中的"镶嵌体裁"，如果用比喻来说，好像天外飞仙，进入作品既要灵活机动，又要阐明大义；既要"独当一面"，又要"旁敲侧击"。《祭语风中》中的"镶嵌体裁"有谚语、民歌、诗歌、经文等，分别"在不同程度上折射反映作者意向"。经文是藏区小说的印痕，是极强的宗教表征，能够表达复杂的情感，平静应付各种复杂的状况。如晋美旺扎去寻找希惟仁波齐活佛时，默诵《皈依经》，祈望皈依顺利，寻找顺利；用《念珠算卦隐蔽显示明镜》预测自己未来走向；朗诵《功德所依经》，为所有死去的人祈祷，即所谓生死常在，善恶伴随，愿人们努力"加持"，自我修行，促人识别人生，追寻良善；圣者米拉日巴的道歌，教人修行，告诫人不要去贪、卜、学巫术；等等。经文除却固定含义的一些用语，其隐含的消灾、驱魔、平心、养气、增福、延寿等功效不一而足，作品弥漫着宗教色彩，营造着神秘氛围；同时，经文也与正文保持"大小不等的距离"，可以独立于作品之外而存在，如次仁罗布的《雨季》也有颂经的场景。"镶嵌体裁"中的歌曲或诗歌，一类是情绪的表达，如背井离乡之后的离愁别绪。逃亡的藏民边走边弹扎年琴，唱嘎尔鲁（达赖喇嘛宫廷舞队演唱的歌曲）；夏嘎林巴跟随十三世达赖逃往印度后，写了《忆拉萨》表达自己对故土的思念；骑驴的藏民听说在拉萨开战，唱起忧伤的歌：

　　少年我在念青唐古拉山下走着，会不会迷路？我从未担心过，我的双脚啊，比快马还迅速。

---

① 巴赫金. 小说理论 ［M］. 白春仁，晓河，译. 石家庄：河北教育出版社，1998：107.

少年我在念青唐古拉山下走着，会不会挨冻？我从未害怕过，因为我的皮袍，比火还暖和。

少年我在念青唐古拉山下走着，会不会挨饿？我从未担心过，我背上的叉子枪会送来食物。①

次仁罗布的《秋夜》《雨季》都有唱歌的情景，甚至歌曲的形式都类似，如《秋夜》里多尕唱道：不想下雨，就别乱起彩云；不想跑马，就别牵出马来；不想恋爱，就别故作姿态！形成"互文"的对话样式。民歌的"嵌入"具有地域风情、民族意味，无限地扩大了人物情绪、拓展了艺术空间。藏区民众的情感表达，民歌是重要方式之一，无论是爱情的浪漫还是世事的轮回，无论是人间的苦难还是佛家的神谕，都会通过歌声传达出去。次仁罗布在一次对话中谈到这些民歌和谚语："这样做的目的是让读者知道藏民族有极其丰富的谚语和民歌，通过这些谚语、民歌了解当时这些民众的思想、希望；从另外一点来讲，选择这些谚语和民歌是为了衬托当时的气氛，起到渲染的作用。"②第二类诗歌是另一种情绪的表达，具有时代的特色、隐喻的意味。作品叙述西藏解放以后，昔日的瑟宕二少爷土登年扎在《西藏日报》写下诗歌《您是我们幸福的源泉》，颂扬毛主席：

东方升起了金色的太阳，金色的太阳就是领袖毛主席，毛主席给世间洒下了甘露，甘露使各族人民幸福无边。
······③

---

① 次仁罗布. 祭语风中［M］. 北京：中译出版社，2015：58.

② 徐琴，次仁罗布. 次仁罗布《祭语风中》访谈［EB/OL］.（2015-09-12）［2023-04-10］. https://www.xzzw.com/lyrm/2015-09-12/content_1807383.html.

③ 同①：232.

这类诗歌我们耳熟能详，无论是历史的真实，还是小说的想象。1958年，郭沫若写下《题毛主席在飞机中工作的摄影》，歌颂毛主席像太阳："在一万公尺的高空，在安如平地的飞机之上，难怪阳光是加倍地明亮，机内和机外有着两个太阳！"[1]历史的文本和想象的文学聚在同一时空，是特殊时代的特殊产物，也是特殊语境中特殊表现形式，具有极强的寓言色彩和反讽意味。

二

小说与历史的关系错综复杂。有人认为文学叙事自然有着丰富的想象和虚构的可能，而历史则是缜密的思考和严谨的逻辑，其实不然，小说可能是想象的历史，历史则以碎片式片段、线条式脉络、整体式趋向为这种可能提供佐证。亚里士多德在《诗学》里指出："诗人的职责不在于描述已发生的事，而在于描述可能发生的事，即按照可然律或必然律可能发生的事。历史家与诗人的差别不在于一用散文，一用'韵文'；希罗多德的著作可以改写为'韵文'，但仍是一种历史，有没有韵律都是一样；两者的差别在于一叙述已发生的事，一描述可能发生的事。因此，写诗这种活动比写历史更富于哲学意味，更被严肃的对待，因为诗所描述的事带有普遍性，历史则叙述个别的事。"[2]历史的叙事可能是个别的，而诗则是具有普遍性的，文学叙事可能更具有丰富的社会学和哲学意义。文学在恰当的时机对切近的历史进行观照，以文学的方式和个体的想象去构建变迁的历史，凸显独特的

---

① 郭沫若. 郭沫诺全集：三 [M]. 北京：人民文学出版社，1983：228.

② 亚里士多德. 诗学 [M]. 罗念生，译. 北京：人民出版社，2000：28.

美学价值和本体意义。《祭语风中》叙述西藏的历史变迁，以个体的叙述探微宏大的历史，体察文学与历史的相互映射与纠葛。

次仁罗布叙述的西藏历史的变迁并不险峻，然而其"复调"式叙述为文本精神指向提供了多种可能。小说中晋美旺扎与"转世"的希惟贡嘎尼玛的对话按照历史的进程，围绕着晋美旺扎的个人成长步步前行，我们能够体察到历史"印迹"的脉络。清晰的历史与作品的想象是契合的，但历史只是背景，似乎作为僧人的主人公生活得很挣扎、很无奈，其出家、还俗、再皈依并不是一个简单的历史发展，而是充满着复杂性、矛盾性和丰富性。

小说是叙述历史吗？从对话部分看起来是这样的，然而，从叙述者晋美旺扎的成长史看，却是迥然不同。主线和支线并行不悖，然而并不是同一的思维和表现，正如历史和小说是异质同构，作为对话部分，叙述的是历史的进程和价值的评判，而主线部分却与历史保持距离。"转世"的希惟贡嘎尼玛成为一家机构的研究人员，与新社会的思维和思想保持同一形态，他维护新体制、立足新社会，完全与"转世"前的上师希惟仁波齐不同，他说，旧社会有那么多人受苦受难，官员、贵族、寺庙给予过慈悲和同情吗？前世注定的命运，可以通过今生的努力得到改变；要是没有战争（中印战争），就不会有西藏边境几十年的安宁等——希惟贡嘎尼玛表达了支持战争，命运能够改变，新社会比旧社会强，旧社会剥削百姓的官员、贵族、寺庙需要批判等一系列新的思想和观点，这种教科书式的理论观点完全体现在作品的对话部分。希惟贡嘎尼玛作为希惟仁波齐活佛"转世"，却已经是另一个自己，修正着晋美旺扎及希惟仁波齐存在的"旧思想""旧思维"。这里有隐含作者的讽喻意味，所以，叙述者、对话者都有着不同的精神喻指。

　　然而，这种"现实主义"是否就是叙述者理解的历史本身呢？罗兰·巴尔特说："有关叙事'现实主义'的主张应受到怀疑……叙事的功能不是去'再现'，它是要去建构一种景观……叙事并不显示，并不模仿。"[1]希惟贡嘎尼玛的对话叙事只是背景，更重要的是晋美旺扎的叙述，甚至作为叙述者也不是"再现"图景，而是提供一种叙述方式，提供一种历史思考，更多的是指涉历史背景背后的所指。

　　晋美旺扎的叙述不是政治的历史，是通过叙述者的角度去"建构一种景观"，用以理解个体叙述的历史发生，从而达成宏大历史的个体记忆，从叙事的罅隙中寻觅历史的印痕，进而形成民族秘史或者"精神史"。晋美旺扎是故事叙述者，其价值判断和历史指涉自然与隐含作者暗合，其自我求索的坚持与精神家园的执着是人性中最为宝贵的部分。如其执着于上师希惟仁波齐的嘱托，千难万难依然留住其"舍利子"，嵌入墙中，以供拜祭；在上师希惟仁波齐圆寂的时候（其弟子罗扎诺桑都已经背弃师门的时候），为师守灵、祈祷、安葬，承继其精神；还俗后，依然保持着僧人的宽容、豁达、纯净的心灵；为众生祈祷、默诵，生命的最后阶段，毅然回归佛门，上天葬台，追随上师希惟仁波齐，求索圣者米拉日巴；等等。晋美旺扎对于"转世"的希惟贡嘎尼玛的观点感觉到惊讶，他是矢志不渝的僧者，反对战争，不甘流亡，反对对于领主、高僧、老爷的"迫害"，主张良善、包容，然而主人公是默默地、安静地反抗，并没有激烈的争斗和冲突。比如贫农准备"斗地主"的时候，麻子和他人讨论对补仓老爷的"革命"，认为补仓家值钱的都被带走了，不能被"革命"，尤其

――――――――――

①海登·怀特. 形式的内容：叙事话语与历史再现 [M]. 董立河，译. 北京：文津出版社，2005：53.

补仓的女主人也走了，要不就被分给别人了——读者仿佛见到"阿Q式"的"革命"，分田分地，还要分地主的老婆，与《太阳照在桑干河上》《暴风骤雨》中的叙述异曲同工，贫下中农斗地主，这是晋美旺扎不希望的。小说中有这样一段，晋美旺扎回到拉萨不去居委会做政府干部，而是去没落的努白苏管家商店卖货，他是如何想的呢？

> 那夜我盘腿跏趺在床上想：希惟仁波齐已经圆寂，将来我再不能指望有人带领我继续学习佛法。现在我真的要像努白苏管家所说的那样该还俗了吗？唉，本来我的理想就是想当一名对众生有益的僧人，可我无法实现这一目标。[1]

小说用丰富的细节补充着历史的罅隙。晋美旺扎只是普通的弱小的一分子，如果说特殊一点是一名僧人，是被"改造"的对象，然而他的内心是恒定的，没有被"改造"。虽然他的行为、表现是软弱的、无力的，甚至是有些迂腐的，然而他内心的反抗、沉默是最强的坚韧、最久的反抗。海登·怀特曾经宣称："当代文学的鲜明特征之一在于执着地坚信：历史意识必须抛在脑后，如果作家想严肃地审视人类经验中那些现代艺术特别要解释的层面。"[2]看起来，历史意识似乎存在一端，但可能正是被审视的部分，叙述者晋美旺扎跳出世俗，重新回望世俗的社会，存在世俗中的晋美旺扎是挣扎的，而内心的焦灼只有回归到宗教世界才是宁静的。历史的恢宏只是在传统的写作中安然无恙，一旦

---

① 次仁罗布. 祭语风中 [M]. 北京：中译出版社，2015：304.
② 帕米拉·麦考勒姆，谢少波. 后现代主义质疑历史 [M]. 蓝仁哲，韩启群，译. 北京：中国社会科学出版社，2008：14.

进入个体的世界，则是波德莱尔的《恶之花》。他渴望皈依，却被规劝还俗；寻求爱情，被爱情欺骗；希望团聚，却亲人相隔；寻求宁静，却无法不被惊扰，最后的归宿，是天葬台让他获得终极宁静。作者在"献给白鹤"中写道："你见过天葬台吗？几百年来，在那黑黢黢的石台上，每天都有生老病死的藏族人，躺在上面化为虚无，唯有灵魂，承载善恶的果报，像风一样轻扬而去。天葬台，既是此生的终点，也是来世的起点。"

～◎ 三 ◎～

　　宗教话语是作品的重要表述方式。次仁罗布围绕着西藏建立了自己的领地，虽然还没有像贾平凹、莫言、阎连科等建成自己的文学"王国"，但其小说已经表现出深刻的宗教意味和神秘的宗教经验。有学者说："次仁罗布从《放生羊》开始，真正深入到了藏区独特而深厚的宗教文化之中，宗教文化、作品与作者达到了水乳般的交融。一旦作者意识到这一点，他就彻底找到了自己小说创作的精神原乡。"[1]笔者觉得非常有道理，他的《放生羊》《神授》《绿度母》《秋夜》《罗孜的船夫》等，传递的声音话语不同，然而都有宗教声音，是丰富多元的藏地生活的复归与想象。

　　小说把人物置放于时空交错的话语体系中，人物在有限的时间和无限的空间辗转腾挪，他们都承载着不同的叙事使命和精神指向，宗教话语是其指向之一，磨难、挫折、坚韧、执着是其代

---

　　[1] 单昕. 灵魂叙事的有效捷径：读次仁罗布的《放生羊》《阿米日嘎》[J]. 小说评论，2009（5）：125-128.

名词。晋美旺扎沿着上师希惟仁波齐、圣者米拉日巴脚步前行，他的还俗、娶妻是其"世俗"生活，象征着事物表象，而其执着于心、坚持向佛则是内在本质。小说中叙述米拉日巴在修行之初，不断地为玛尔巴大师徒手建造各种房屋，用身体的苦楚、肉体的痛苦磨砺修行、忏悔罪恶。我们仿佛看到一幅古希腊神话里西西弗的画面：

> 一个紧张的身体千百次地重复一个动作：搬动巨石，滚动它并把它推至山顶；我们看到的是一张痛苦扭曲的脸，看到的是紧贴在巨石上的面颊，那落满泥土、抖动的肩膀，沾满泥土的双脚，完全僵直的胳膊，以及那坚实的满是泥土的人的双手。经过被渺渺空间和永恒的时间限制着的努力之后，目的就达到了。西西弗于是看到巨石在几秒钟内又向着下面的世界滚下，而他则必须把这巨石重新推向山顶，他于是向山下走去。①

米拉日巴一而再、再而三去建造房屋；希惟仁波齐闭关在寒冷、孤独的岩洞中修行；晋美旺扎坚持苦行、辛劳，为生者讲述故事，为死者诵经祈祷；等等，这都是犹如西西弗一样的执着于行、抗争苦难的行为与经验。荣格说："不论这个世界如何看待宗教经验，有这种经验的人便拥有一笔伟大的财富，一种使他发生重大变化的东西，这种经验变成了生命、意义和完美的源泉，同时也给予这个世界和人类一种新的辉煌。"②修行者"向内转"，外在事物很难影响到其思想，他的行为和举止都是为宗教而生，

① 加缪. 西西弗的神话 [M]. 杜小真，译. 北京，西苑出版社，2003：143.
② 张志刚. 宗教是什么 [M]. 北京：北京大学出版社，2002：57.

体现宗教话语的存在。

宗教成为藏民生活的重要部分。转世是所有人的期盼，上师希惟仁波齐圆寂而灵魂不死，火化后，出现各色神奇的"舍利子"，"转世"成希惟贡嘎尼玛，在一家研究单位讲授藏族文化和宗教；弟子多吉坚参意外被打死，他的"嚓嚓"（用模型塑造的小泥塔和小泥像）被供奉在寺院，希望有个好的"转世"；甚至是晋美旺扎与妻子美朵央宗的婴儿被迫流产，他把尸体装在陶罐中，为其祈诵六字真言和金刚萨埵咒，希望他来世投胎到人身。同样，超度和天葬是逝去的人必经的途径，即使是不孝的弟子罗扎诺桑，在临死之际，晋美旺扎也为他祈祷和超度，为他讲述米拉日巴的故事，送他到八廓街；邻居卓嘎大姐孤零零地死去，他半夜起身，淋着小雨，背着死尸去天葬台，并为这个孤独的灵魂讲述《尸语故事》……无论是生者还是死者，几乎都活在宗教生活中，如晋美旺扎，日常的拜佛、转经、祈祷、供奉，生老病死的诵经祷告，生活场所是八廓街、甘丹寺、色拉寺、布达拉宫，交集人物是上师希惟仁波齐、圣者米拉日巴和僧人弟子多吉坚参、罗扎诺桑等，即使偶尔身体不在宗教环境中存在，但灵魂始终向往着"圣者"的境界。宗教既是他们的生活，也是他们的寄托和希望。小说在卷首"献给白鹤"部分写道："你读过《度亡经》吗？她能牵引死者的灵魂，走向中阴界。让亡魂不至于迷失，不至于恐惧，不至于孤单，在安详中，去踏上来世的道路。"①诵经成为藏民生活的组成部分。晋美旺扎上天葬台，诵《普贤行愿品》；希惟仁波齐圆寂时，诵《皈依经》《三聚经》《往生极乐世界祈祷经》；为努白苏管家超度时，诵《功德所依经》；

①次仁罗布.祭语风中［M］.北京：中译出版社，2015：1.

做事之前，行卦以占卜吉凶，如晋美旺扎决定是否还俗的时候，诵《念珠算卦隐蔽显示明镜》，占卜之后，卦语预示——喇嘛护法神保护，虔信医药会具足，姻缘自会找上门——预示必须还俗了。小说中还有为春耕祈祷、藏民敬奉高僧、僧人佛堂辩经等宗教行为，如上师希惟仁波齐帮助村民禳灾避邪，为村子开耕试犁时，所做的祈祷。"《吉祥重叠经》起始，我们诵了很多的经文，摇铃、扎马如的声响，让村民满怀丰收的希望。……村民们抓一把糌粑，在'煨桑了——煨桑了——'的叫喊声中，把手中的糌粑抛洒到空际中去。然后相互看着被糌粑漂白的脸和身子，开心地发出阵阵笑声来。"①村民希望高僧为春耕祈祷，带来神力的辅助和佛家的祈愿，这种祈福的仪式象征着吉祥、丰收，风调雨顺。同样，团聚、远行、婚庆等都需要诵经、祈祷等不同的宗教形式，宗教话语在作品里得到完全释放。美国心理学家在《宗教经验种种》里说："宗教经验的本质，也就是我们最后必须用以判断形形色色的宗教经验的那种东西，必定是我们在其他经验里找不到的那种要素或特性。"②这种宗教经验弥散在次仁罗布的诸多小说中，《放生羊》中的羊被买下来，成为不被杀生允许自然老死的羊，慢慢地竟然能够到庙中拜佛、转经；《神授》里亚尔杰被神选中，说唱格萨尔王等藏地传奇，宗教为社会注入了精神因素，引导人迈向另一种实在境界，宗教话语成为作者的重要表现形式。

次仁罗布作为"隐含作者"，他已经把自己的思想和精神溶于小说中。布斯说过："在他写作时，他不是创造一个理想的、非个性的'一般人'，而是一个'他自己'的隐含的替身，不同

---

① 次仁罗布. 祭语风中 [M]. 北京：中译出版社，2015：147.

② 张志刚. 宗教是什么 [M]. 北京：北京大学出版社，2002：63.

于我们在其他人的作品中遇到的那些隐含的作者。对于某些小说家来说，的确，他们写作时似乎是发现和创造他们自己。"①小说家努力在"发现和创造他们自己"，他的叙述经验、宗教情感、历史感受都是创作的源泉，如今，他把普遍的人类经验根植于藏区的大地上，我们期待着他精神世界的版图进一步扩大。

---

① W. C. 布斯. 小说修辞学 [M]. 华明，胡晓苏，周宪，译. 北京：北京大学出版社，1987：80.

安置灵魂的"优雅写作"

——老藤①小说论

　　我们常常去追问一个写作者，为什么写作？为谁而写作？而答案常常是沉默或者只言片语。的确，因为要说的话基本都在叙述中了。写作者所进行的是康德所说的"无目的的合目的性"的工作，文字是他们最好的面孔。观察老藤的写作方式，是能够品出温度，品出气度的。藤先生说过："如何让熟地不撂荒，让余热保持温度，让拥趸者不散去，最重要的一条就是坚持文学优雅的血统，摒弃那些转基因的播种。因为这些文学拥趸者以文学为品位、为高雅、为自豪，一旦文学改变了秉性，变得非驴非马起来，恐怕这些熟地也会一块块失守。"读他的作品，恰恰可以找到相似的痕迹：一是文学的优雅，我们称为"优雅写作"，也就是文学的风格与方式涵着理想的高贵、语言的风度；二是他的小说既被读者选择，也是选择读者的。想起尼采说的话："一个人著书立说，不仅希望被人理解，同样也希望不被人理解……当著作本身要表示自己的观点时，它的每一高贵的精神和情趣也在选

---

　　① 老藤，本名滕贞甫，中国当代作家，代表作品《战国红》《大水》《鼓掌》等。

择它的读者；与此同时，也就排除了'其他的人'。"①其实，下面还有话："一切更为高贵风格的规则均起源于此：拒人以远，造成隔阂，禁止'进入'和了解——同时启迪那些通过他们的耳朵与我们关联的人的耳聪。"老藤显然在写作上是有"精神洁癖"的人，他宁可选择高山流水，三五知己，也不拉大旗作虎皮，也不随潮流逐浪波，可谓理想主义的坚守者。

一

　　小说中人物是非常重要的因素，而且常常是第一要素。无论是外国小说中的堂吉诃德、简·爱、安娜·卡列妮娜、约翰·克里斯朵夫等，还是中国近现代小说长廊中的阿Q、骆驼祥子、翠翠、方鸿渐等，同样令读者难以忘怀、时常提起。我们知道，常常被记住或者印象深刻的人物，或者人物形象、语言撼动人心，或者性格特征、心理刻画有独到之处，或者成长过程、个性命运跌宕起伏，等等。老藤笔下的人物为什么给读者留下的印痕那么深，让人久久不能放下呢？

　　老藤笔下的人物既不惊天，也不动地，基本是沿着现实主义的边缘行走在"江湖"之上，但是他们却如影随形地让读者难以忘怀，记忆深刻，我们仿佛跟着他们游走，游走在历史、现实与未来之间。

　　老藤主要描写两类人物：一类是小人物或"小知识分子"，如下派村官郑小毛（《熬鹰》）、民办教师冯国梅（《麻栎树》）、即

———————

① 弗里德里希·尼采. 上帝死了：尼采文选 [M]. 戚仁，译. 上海：上海三联书店，1997：4.

将退休的干部吴根生（《留白》）、信访办主任科员老贾（《波澜不惊》）等，这一类人物基本属于底层、边缘、落寞的群体。文学长廊里似乎相仿的人物忙不迭地走来"欢迎"他们入队，志向高远、郁郁寡欢的涓生（《伤逝》），从崛起走向没落的吕纬甫（《在酒楼上》），陷于性的苦闷与生的苦闷的"留学生"（《沉沦》），惶惶逃路而又兼顾教育的潘先生（《潘先生在难中》），等等，他们在鲁迅、郁达夫、叶圣陶等的笔下都挣扎过、努力过，然而最终是走向无奈而又落寞的路。而老藤似乎善于描摹"多余人"，似乎这些人物都是无助甚至于无奈，他们改变不了生活的本身和社会的残酷，他们的路也似乎如涓生、如吕纬甫、如"留学生"，走向迷惘、走向沉沦，但是，老藤的绝妙是"曲径通幽""暗度陈仓"，看似绝路却是自在之路、自由之路。被父亲逼迫考取公务员的郑小毛（《熬鹰》）被下派到偏远甚至公共汽车都不通的金花山村，被安排到70岁的老主任金兆天手下做副职。金兆天是一个传奇人物，擅长"熬鹰"的老爷子金兆天把右派老范"熬"成了大学校长；把被开除公职的老皮"熬"成了蒙特利尔的工程师；用喂饱的鹰谦让师长的鹰，把师长"熬"成部长。然而，"熬"郑小毛是最艰难的挑战，他准备带着郑小毛去猎鹰，结果被金雕"风鸢"刹了锐气，再不捕鹰，从此不再猎鹰、"熬"鹰。金兆天的退却，却激发了郑小毛拍摄鹰、保护鹰、保护金花山的劲头。挂职一年后，他辞去公职，跟他的父亲发短信说："我下山了，儿子在平地上能走得更远。"郑小毛所行恰似"忠而见逐，情何以堪"的屈原，又似"内不愧心，外不负俗"的嵇康，他记住了老爷子的话，"熬鹰是一阵子，熬人却是一辈子"。郑小毛本是奔着吃官粮、开公饷而来，然而在熬过艰苦后，却挂"官"而去，他追求的是自主、是卓越。他回答了世界对他的疑问——

"小人物"如何挣扎得到自己要得到的权利和梦想？如何实现自己的"自主"权利和更好地自我生活？想起社会学家古尔纳德说过：

> 自主不仅是一种工作上或伦理上的需要，而且也是作为独特集团的新阶层（现代知识分子）的社会利益的表征。强调自主是某一阶层的意识形态仍然隶属于其他集团，但正在努力摆脱加诸其身上的束缚……对自主的这种要求代表着自我管理的政治冲力。①

郑小毛作为"小人物"，但也是有知识、有思想的人，他并没有屈服命运的安排，虽然他委屈地按照父亲的旨愿考取公务员，委屈地被下放到偏远的金花山，但是他经过"熬鹰"高手金兆天老爷子"熬"，"努力摆脱加诸其身上的束缚"，熬成真正的"鹰"，而且他是老爷子最后的心血"熬"制而成。小说中写道，老爷子看完郑小毛拍摄的金花山美景，看到风鸢展翅高飞的特写，他与郑小毛有一段对话：

> "你熬鹰比我强。"
> "我哪里会比您老强。"郑小毛不好意思了。
> "我熬鹰，把鹰熬下地，你熬鹰，把鹰熬上天。"

郑小毛作为时代的青年，勇于摆脱束缚，谋划未来，因为他发现蜷缩于体制中，可能无法实现个人抱负和个人理想，如果斗

---

① 舒衡哲. 中国启蒙运动：知识分子与五四遗产 [M]. 刘京建，译. 北京：新星出版社，2007：34.

胆估测作品的延续，郑小毛的未来不管从事何种职业，他一定能成为自然生态的朋友，他一定拥有自由的气度和自主的权利。

民办教师冯国梅（《麻栎树》）的命运看起来多舛莫测，"从教几十年，一向与世无争"，命运似乎总是对她不公，然而正是"安静得像片麻栎树叶"的她在拼着全部精力保护着麻栎树，最后，在她被辞退的时候，这棵仅存的麻栎树被砍伐了。

这一刻，她感觉自己是一头中箭的母豹，远看着领地被一群鬣狗践踏蹂躏却又无计可施，反抗的唯一武器只能是目光，是冷的能逼退酷暑的目光。

目光——我们常常看到穿透苍穹的目光，耶稣被钉在十字架上，他的眼睛在说："我是世界的光。跟从我的，就不在黑暗里走，必要得着生命的光。"（《约翰福音》8章12节）普罗米修斯盗取了火，拯救了人类，他却被绑在高加索山的巨岩上，目光犹如他盗取的火，明亮而灼热，即使无助，蕴含着的是反抗和不屈。被欺凌、被损害的冯国梅的目光呢？是"中箭的母豹"的目光，所以，冯国梅并没有倒下，她想起《好大一颗树》熟悉的旋律——"头顶一个天，脚踏一方土，风雨中你昂起头，冰雪压不服"。正如鲁迅所说，"真的猛士，敢于直面惨淡的人生，敢于正视淋漓的鲜血"，《药》里夏瑜坟上的"花环"就是孕育的希望，革命者的鲜血虽然被民众"吃掉"，但是有"花环"，就有希望，就有亮色。冯国梅无力再保护麻栎树，但是她的学生在她的教育下，已经成长起来，正如"愚公移山"，"子子孙孙无穷匮也"。冯国梅是不屈不挠的"麻栎树"，倔强挺拔、宁折不弯，迎着生活的磨难、迎着人生的压力，一直前行。《波澜不惊》中的无职无权的主任科员老贾虽然不能解决任何问题，但是依然一往无前，直面所有上访人员。这些"小人物"可能无法解决人生的所有问题，但是无愧于内心、无愧于自我，他们比吕纬甫（《在酒楼上》）、魏连殳（《孤独者》）有希望、有亮色，甚至比觉新（《家》）、倪焕之（《倪焕之》）走得更明晰、更自由，虽然也常常处于自省、自责的境遇，但是自己的奋力、个体的拼争，能够隐约看到前方的光亮，望到遥遥的远峰。老藤正如鲁迅给夏瑜（《药》）的坟上添上一个"花环"，他给予读者以希望、以微光。

另一类人物是"职衔低"或"近似无"的官员或者所谓官员，这里区分如此之细，目的并不是确认人物的谱系，而是笔者个人以为老藤的所谓"官场小说"，暗含意旨并不在小说类型，更主要的是借助其标签来观察人性。"职衔低"或"近似无"的小官员有都柿沟贫协主席兼武委会主任葛明仁（《萨满咒》）、无职无权的主任科员老贾（《波澜不惊》）、牛头坝村小学校长褚麻杆（《麻栎树》）等，所谓官员有蓝城市人大主任郑远桥（《西施乳》）、七官营子镇党委书记孟庆有（《换届》）、即将退休的专员吴根生（《留白》）、合资公司工会主席老皮（《都市忧郁人》）等，通过称谓，可以发现这些人物名字的谐趣，葛明仁、褚麻杆、郑远桥、吴根生，这不是"革命人""杵麻杆""郑板桥""无根生"的谐音吗？这与晚清《官场现形记》中的区奉人（谐趋奉人）、贾筱芝（谐假孝子）、时筱仁（谐实小人）、刁迈彭（谐刁卖朋）、施步彤（谐实不通）等实有相似之路径，令人会心默契，哂然一笑。其他如"老贾""老范""老皮"等，不就是指代符号吗，犹如阿Q、K、小D等。也许老藤本无此用意，但分明有意无意之间，从表象上指代深刻的含义，人物身上已经印上"前文本"的文化烙印或者闪烁着经典文本的影子。

老藤的所谓"官场小说"更多地具有独立性、现代性、反思性、批判性。品格之一是独立性、现代性。此类"官场小说"的所谓"官场"非常逼仄而缺少惯有的"官场文学"气息，没有满足窥私欲望，不能寻找"职场秘籍"，少有激烈权力倾轧，所以，已经非常不似惯常的"官场文学"的表达意趣，更多地看到"官员"闪烁着人性的本真良善、人性的率性单纯。牛头坝村小学校长褚麻杆（《麻栎树》）为了感谢冯国梅让给自己的"转正"恩情，一辈子都在努力帮助冯国梅"转正"而做努力；合资公司工会主席老皮（《都市忧郁人》）作为原厂厂长，为日企工作，被日企利用"维护治安"，老皮不断为职工争利益、为女工护青春，但是"心有余而力不足"，一次次失败让他无比沮丧。美女职工王梅找到老皮哭诉，遭到性骚扰，老皮后来去找老板替王梅维权，而日本老板清水则哈哈大笑，对他说："皮桑，你操错了心，是王梅要和我好，不是我要和王梅好，谁都知道王梅是个人才，难道你吃醋了吗？"老皮自己感到非常无助；恍惚间，他看到了迎面的自己，自己是大门上的一张画，像小时候农村过年时家门上贴的画，画中人朱面飞须，披坚执锐，可是一阵风刮过就撕破了（《都市忧郁人》）。

如此形象的喻示，工会主席好似"朱面飞须""披坚执锐"的"画中人"，"一阵风刮过"，就无情地被"撕破了"，他显得是那样的无力，甚至他觉得都不如自己养的猫，可以流浪、可以奔跑、可以失踪。无职无权的信访办主任科员老贾（《波澜不惊》）头发稀疏，事事辛苦，然而好事永远轮不到他，艰难、困苦却总是需要他顶上去。虽然他经常为别人办事，可是最后自己二女儿入学的困难申请补助竟然只是以花了3000元请客吃饭，最后获批3000元而已——简直就是荒谬的讽刺。他一直穷苦窘迫，压力巨大，却依然无怨无悔，小说最后写道，老贾面对访民上访时，镇定地说："一池静水，波澜不惊。"蓝城市人大主任郑远桥（《西施乳》）保持本心，注重名节，几次面对女色，心动身不动；七官营子镇党委书记孟庆有（《换届》）退回污染环境的造纸厂厂长二尿子行贿的两万元钱；金花山村老主任金兆天（《熬鹰》）为了保护金花山的自然生态，甚至有些偏执，一直保持通向村外的羊肠小道状态，而不修公路。观察这些人物，我们发现了人性中"善"的自由弥散，而不仅仅是丑陋的"官场百态"，因为人性是文学的最后原野和最美田园，人的极其丰富性和无限差异性存在于世间，是因为文学需要人性，从而为人类展示一幅温情脉脉的信念，展示一种向善向美的精神。席勒在《审美教育书简》中曾经下了这样的判断：

> 人的发展可以分为三个不同状况或阶段，不管是个人还是全人类，如果要完成自我实现的全部过程，都必按照一定程序经历这三个阶段，……人在他的物质（身体）状态里，只服从自然的力量；在他的审美状态里，他摆脱掉自然的力量；在他的道德状态（即理性状态——原引者注）里，他控制着自然的力量。①

在这里，席勒把人的自然性与社会性对立而矛盾的现状进行了阐释，笔者认为，也是弗洛伊德"本我、自我、超我"的另一种理解的演绎。人性是丰富而复杂的，而"官员"也是人，他们的知识、阅历、经验的获得机会应该多于普通民众，他们更早地

---

① 弗里德里希·席勒. 审美教育书简［M］// 朱光潜. 西方美学史：下卷. 北京：人民文学出版社，1964：452.

从"服从自然"到"摆脱自然"，甚而达到"控制自然"，更好地向善、向美则是示范的方向。老藤的小说基本没有按照"官场小说"的"揭露""鞭挞"习惯来铺叙故事、描摹人物，而是"官员"回归人类本性，把人还原成自然之本，又改造自然之势。而且，并没有一味塑造那些暴戾的倾轧争斗，描述那些被津津乐道的官场秘籍来引人入胜、吸引读者。恪守理念又思想超脱的老藤以自己"优雅"的方式来进行写作，来"使文学飞翔"，这既是冒险，也是一种胆识。

品格之二是反思性、批判性。老藤对人物虽然具有一种理想主义的期望，但具体到其小说作品，他以丰富的实践经验、渊博的学识素养对客观对象予以精准剖析——优劣共生、善恶并存才是人的复杂性、综合性、丰富性的本真体现。蓝城市人大主任郑远桥（《西施乳》）由市长不能升任市委书记，而转任人大主任，颇感失落。他借着看病之机，四处游走，调整心态，想通过原任秘书李正打探一些消息而不得，因为"一朝天子一朝臣"，李正背后反水，竭力"切割"，想摆脱他的影子。结果是郑远桥在组织人大投票的时候，小小地"惩罚"了李正，使他官职悬置，进而边缘化。郑远桥虽然谐音"郑板桥"，闲职之后，边学金石之课，边品河鲀之鱼，其实，人性的游移和趋利避害，他是理解的，但是，从个体利益出发，他没有宽容李正的"背叛"。孟庆有（《换届》）主持镇党委换届工作，虽然显得客观、公允，但是从私心出发拿下人大主席老单、把爱学习的镇党委副书记小田放到"待分配"的位置，而提拔了与自己有暧昧关系的女组织委员小胡。一方面是私心作怪、打压异己；另一方面权性交易，提拔自己的下属兼"情人"。略带讽刺的是，前一任正派、公正的老黄书记却不被认可，大家对他的评价出奇一致——"装！""众人皆醉我独醒",要么被排挤出这个区域,要么同流合污,反讽和批判的意味很浓。老皮(《都市忧郁人》)寄生在日本企业,原来是厂长,现在是工会主席,然而只是享受着和总经理办公室一样大的办公室,却优哉游哉,无所事事。所谓工会主席只是形式上的"重要",实际工作是应付会议、"维持稳定"。所以,老皮虽然总在自责、反省,却陷于这种"温吐吐的白开水,没个咸淡"的日子,生活显得苦涩又无奈。葛明仁(《萨满咒》)虽然保护了都柿沟的山山水水,但是,他鲁莽冲动地"革"了仗义疏财的地主刁世雷的命,酒醉后"强奸"了女巫兰姑,在荒唐的年代,他自主不自主地做了许多"不可饶恕"的荒唐事。无论是郑远桥、孟庆有,还是葛明仁、老皮,他们既有社会性属性,又有自然性属性,他们的丑陋、卑劣、阴谋都属于复杂性的一面,他们不能完全恪守职业操守,他们也偶尔或经常、经意或不经意地触碰规则、法律——虽然如此,但是,故事里没有晚清谴责小说那么阴毒、凶狠、勾心斗角、尔虞我诈,如《二十年目睹之怪现状》描写三类人,即"第一种是蛇虫鼠蚁,第二种是豺狼虎豹,第三种是魑魅魍魉",而老藤小说人物都不是十恶不赦、罪大恶极之人,他们是现实中存在的"镜像式"的人物,是需要被拯救或者疗治的客观对象。正如罗振亚评价老藤《西施乳》时说:"这种悠闲其表、复杂其里、以静写动的感知与切入表现对象的方式,看似举重若轻,实质上却将灵魂的喧哗、情感的躁动传达得满爆而内敛,它为官场小说的书写开辟了另一种艺术可能性。"

观察老藤的叙述,显然不同于以往的"官场小说",而是具有清新、雅致的气息。老藤笔下的这些人物,充满复杂性、矛盾性,具有善的本性,且是深层的善;又有恶的表征,但是浅表的恶,符合人性的普遍性特征。创作者并没有因袭固有的"官场小说"模式，把那些该谴责的、该控诉的、该指斥的，用夸饰、黑幕、秘籍的方式淋漓尽致地展现或者刻画，而是展现人性丑陋、阴暗部分的同时，更多地彰显人性中的善良、光亮的色泽，使文学体现文学性与社会性的统一，彰显文学审美性与道德归属性，体现文学的"救赎"功能。马克斯·韦伯的一种观点对我们有着重要的启发意义：

> 艺术变成了一个越来越自觉把握到的有独立价值的世界，这些价值本身就是存在的。不论怎么来解释，艺术都承担了一种世俗救赎功能。它提供了一种从日常生活的千篇一律中解脱出来的救赎，尤其是从理论的和实践的理性主义那不断增长的压力中解脱出来的救赎。[①]

世界变得理性而残酷，工具理性和机械文明逐步践踏着艺术。可以归为艺术范畴的文学，对世界的把握，提供一种"救赎"，是文学艺术应该具备的属性和承担的职能。老藤的小说从某种意义上说，与卡夫卡的《城堡》是类似的，描绘了世界充满无限可能性、现实的不可预测性，也承载着对人性的诠释和解读的功能。

二

小说中的叙述方式是小说的重要标志，而叙述中常常暗含着

---

① 转引自王萌. 新时期以来官场小说研究 [D]. 济南：山东大学，2013. WEBBER M. Essays in sociology [M]. New York: Oxford University Press, 1946：342.

写作者的创作意图、精神思想。老藤小说中的叙述手法，融合现代性与传统性，以"优雅"的姿势驻留，让读者久久难以忘怀。

老藤的小说耐读、耐品，强大的隐喻功能，令读者沉迷其中，不能自拔。"西施乳"（《西施乳》）本身就是一个隐喻。隐喻什么呢？一则明喻美食如美人。既能引人迷醉，又能引君入瓮，郑远桥主要请两人吃"西施乳"：一是省城主要领导戴老，二是考核干部的乔老爷，这两个人都能够对郑远桥的仕途起定夺作用，两次小吃都是越剧名角、美女老板王梅陪同，精妙绝伦的安排都取得预期效果，戴老边吃边吟"河鲀好比西施乳，吴王当年未必尝"；乔老爷更是感觉这道菜鲜美无比，美妙绝伦，竟然喝了七瓶红酒，可谓尽兴，当然，郑远桥的仕途越走越顺，在乔的考核下，由副书记升任市长；在戴老的帮助下，曲折过后，由人大主任兼市委书记。二则暗喻人生犹如哲学的辩证法，"祸兮福所倚、福兮祸所伏"。虽然戴老品尝"西施乳"赞叹不已，然而戴老中毒却为郑远桥所不知，于是，他本来由市长升任市委书记的步骤就转折了，转任人大主任。然而他善于退守，对省里下派的市长组织人大进行投票，竭力做好推举工作，以及王梅暗中从京城相助，竟然一年后，又从人大主任兼任市委书记，可谓一波三折、跌宕起伏。三则隐喻范蠡泊舟，功成隐退。郑远桥举荐了美女王梅，但是并没有借机占为己有，也恰恰如此，隐退不贪功，不图一时回报，王梅以退为进，嫁给京城高官，帮助郑远桥提升，以示报恩；同时，郑远桥也没有对"发小"美女郑小杰"下手"，这两个美女同时帮助"退隐"的他，他才能成功。

小说中的鹰乃浩瀚苍穹中自由翱翔之鸟，其隐喻之意不言而喻。《熬鹰》中的"鹰"，一种是被规训，另一种是无法被规训。鹰经过"熬"，规训之后，从自然到归化，自然性消失，那么原始力、凶猛性也将消失；而不能规训的鹰，是真正的鹰，属于自然，属于天空。郑小毛的辞职，恰恰是金老爷子、金花山、鹰共同"熬"的结果，也是郑小毛要实现最大的生命意义和精神价值——即生命最本真、最自然、最充沛的状态。《麻栎树》中的冯国梅就是"麻栎树"的化身，麻栎树在她在，麻栎树不在她不在。麻栎树在牛头坝村头傲然挺立、遮沙避雨，然而抵挡不住村长的斧头。这里，麻栎树是故事的招风幡，树的存亡喻示主人公的命运，随着冯国梅被"卸磨杀驴"，麻栎树也被老村长砍伐去做寿材，但是，小说的结局是开放的，爷爷保护的松树还在，她教育的孩子还在，希望不还是在嘛！《都市忧郁人》中有一只猫，这只猫陪伴着主人公老皮，"猫的目光从来没有丝毫的卑琐，……猫只能依偎亲近，这是因为猫有原则、有尊严，如果你深深地伤害了猫，猫就会与你永远保持距离"。猫是有原则的，宁自在为生，也不接受豢养。当老皮给日本人做工会主席，被熟人啐一口，而不得其故的时候：

尼姑慧云师傅说了一句偈语：生灵生灵，自在为生，率性为灵，豢养，有时候是一种摧残啊。

后来，猫消失了，慧云说：猫是都市忧郁诗人，诗人的灵魂总是在流浪，你能拴住一个流浪的灵魂吗？以猫来讽喻老皮，以猫来点化老皮，猫尚能知道自在的生存、自由的可贵，何况人呢？弗莱在《批评的解剖》中谈到这种创作模式，他说：

如果既不优越于别人，又不超越自己所处的环境，这样的主人公便仅是我们中间的一人：我们感受到主人公身上共同的人性，并要求诗人对可能发生的情节所推行的准则，与我们自己经验中的情况保持一致。这样便产生"低模仿"类型的主人公，常见于多数喜剧和现实主义小说。"高"和"低"并不意味着在价值观上有上下之分，而纯粹是概略的提法，正像《圣经》批评家或英国教徒所做的那样。……低模仿模式描写人类社会的方式恰好反映了华兹华斯的观念，即在诗人看来，人类的实际境遇是普遍的和典型的状况。……在低模仿作品中，花园让位于农场及人们挥锄辛苦地劳作。在哈代的小说中，农夫或砍柴火的乡下人，便是人类自身的写照，"默默忍受，遭人鄙视"。①

弗莱的原型理论已经把小说的模式阐释得非常清晰，这种"低模仿"模式的主人公存在方式与普通人类相近，现代而"优雅"，他们的生存方式与周围的物象是具有相似性的，因而自然物与社会物能够共生共在。老藤小说采用这种模式，是原型范式的实践者和追随者，正如哈代的《德伯家的苔丝》、霍桑的《玉石雕像》，都引起巨大反响和良久震动，令人久久痴迷。

互文性是老藤小说的另一属性。"在这个空间里，无论是吸收还是破坏，无论是肯定还是否定，无论是自我引用还是自我指涉，文本总是与某个或某些前文本纠缠在一起。同时，读者或批评家总能在作品中识别出文本与其特定先驱文本的交织关系。"②正如塞万提斯的《堂吉诃德》之于菲尔丁的《约瑟夫·安德鲁

① 弗莱. 批评的解剖 [M]. 陈慧，袁宪军，吴伟仁，译. 天津：百花文艺出版社，2006：220.

② 赵一凡，张中载，李德恩. 西方文论关键词 [M]. 北京：外语教学与研究出版社，2006：213.

斯》，荷马《奥德赛》之于乔伊斯的《尤利西斯》，后文本总有前文本的痕迹，而且，乔伊斯的《青年艺术家的肖像》与《英雄史蒂芬》还形成"内文本"的自我指涉关系，即你中有我、我中有你。

老藤小说中隐藏着自我引用和自我指涉，构成互文性。何香兰（《留白》）的"北京话"把吴根生引上革命的路。"何香兰说一口标准的北京话，字正腔圆、音色悦耳，仿佛有磁性。"吴根生着迷地跟着学，决意同自己的海蛎子味方言决裂，引来村民笑话。"牧羊城最有学问的乔二叔说：'根生做的是官事，官事就要讲官话、带官腔，在衙门里坐堂满口海蛎子味成何体统！'"乔二叔一锤定音，没人再议论。而《萨满咒》里演绎着同样的故事，"一身戎装的叶梅开口极富女性的柔媚，那口字正腔圆的京话让都柿沟的百姓如闻天籁，充满新奇"。于是，血气方刚的葛明仁被吸引了。

我们尝试着比较一下《萨满咒》与《留白》的相似片段：

　　她在开会讲话时，我总是专注地看她，我很喜欢她的声音，听她讲话就像听戏，能听出味道来，但我只是喜欢这种腔调，至于讲了什么我并不感兴趣。（《萨满咒》）

　　吴根生毫无怨言，他喜欢听何香兰讲话，他把每一次开会都当成一堂讲话课，仔细体会何香兰讲话的技巧、发音和语气。（《留白》）

葛明仁、吴根生分别因为喜欢听"北京话"而走上"革命"道路，而且两个人后来都是"行署专员"。他们都是即将退休或者退休后去看老领导，一个是想和老领导合影留念，另一个是去为老领导讨来一桶都柿酒。而两位离退的老"革命者",当年无神论者叶梅开始吃素、打坐,而且终身未嫁,是"颠覆性的变化"。何香兰不再说官方意义的"北京话",而说自己的方言"唐山话",吴根生跟她学了一辈子"北京话",最后,突然梦醒,觉得方言也不错,于是对不按规章猛骑摩托车的人吼了粗重海蛎子味的方言:"你彪啊你!"我们可以看到,非常吊诡的是,葛明仁、吴根生是因为"北京话"而走上"戴官帽"的路,他们是心中有自己远大的理想呢?还是偶然地走上这样的一条路呢?答案是显然的。小说留给读者无尽的思考和开阔的想象。

这样的内文本关系在老藤小说中大量弥漫。葛明仁(《萨满咒》)因为对兰姑的一句承诺——看好樟子岭和蓝甸,把这些地方分别申报为国家级森林公园、湿地公园,为都柿沟留下了这片原始森林与原生态湿地。《熬鹰》中老爷子金兆天竭力保护原生态的金花山的树、野生动物,为此宁可拒绝修公路。《麻栎树》中祖辈两代人冯玄黄、冯国梅分别看护着牛头坝村的松树、麻栎树。自然是人生存之本,破坏还是养护?砍伐还是保护?小说揭示出工业文明与生态文明的相互矛盾,经济利益与自然存在的不易调和,体现出一种关注、一种焦虑。我们仿佛从一部作品读到另一部作品,从一个人物看到另一个人物,我们逐渐看到作家忧郁的神态和负重的思考,犹如鲁迅笔下人物都闪烁着"狂人"的影子,莫言笔下孩子都有"黑孩"(《透明的红萝卜》)的痕迹。

麻栎树(《麻栎树》)、西施乳(《西施乳》)弥漫的味道,让人迷醉、让人警醒;萨满咒(《萨满咒》)、西施乳(《西施乳》)是互相融合着彼此相似的神秘色彩的象征符号;被誉为"忧郁诗人"的流浪猫(《都市忧郁人》)、金雕"风鸢"(《熬鹰》)都是换上装束的神秘、神奇的寓言性动物;郑远桥(《西施乳》)、孟庆有（《换届》）都以退为进，步步为营，都获得自己想达到的目的；等等。不一而足，我们可以充分领悟到文本自我构成、相互指涉的关系，一以贯之、互相勾连的系统，作家的思维观念、精神意旨是一脉相承的，暗守着传统的秩序和现代逻辑。

阅读老藤的博客，看到一篇随笔《孤独的蛤蟆》，颇有感慨。而且这段文字的观察细致，相信读者会自有感悟。所以，不揣借用之嫌，大段贴出，以请察之。老藤写道：

经过数日观察，我摸到了这只蛤蟆鸣叫的规律。它的叫声大致可分为三个时段，清晨、黄昏和深夜。清晨，蛤蟆的叫声清脆高亢，少有咕咕之音，叫声中洋溢着一种青春的旋律。……黄昏，蛤蟆的叫声粗犷厚重，带着胸腔的共鸣，带着威震四夷的雄才大略……蛤蟆的声音持续不疲，急切而不失节奏，它在呼唤心中的伴侣，在渴望一群活跃的黛色的蝌蚪，那将是它的血脉，是延续生命的寄托。……深夜，蛤蟆的叫声变得短促而简洁，像不时响起的连发土枪，似充气有余的皮鼓，又如壮汉负重的短叹。此时的蛤蟆想必心情复杂，面对露重水凉、星冷月寒的际遇，鳏夫怨妇之情不可不发，孤枕难眠之苦不可不抒，所以，这叫声里带有几丝伤感，带有几分不平，也带有几种莫名的情绪。

根据记述，老藤经过三周观察，发现这只蛤蟆在清晨、黄昏、深夜鸣叫，但是在白天是不叫的，为什么呢？他说："我想明白了，蛤蟆是聪明和宽容的，如果白天黑夜都是它自己在吼，不但自己辛苦不说，百虫闻声而逃，蛤蟆捉不到食物，最终也会饿死。"不但细致观察，而且深刻领悟。老藤的小说已经破茧而出、独成格局、曲雅风清、高山流水，寓理于音、寓教于文，他的写作中的巧局、对话、哲思等都值得慢慢品鉴，因为他的写作已经铺成一望无垠的枝繁叶茂的原生林，酿成醇香四溢的历久弥新的老窖酒，需要慢慢地游荡、慢慢地触摸，慢慢地吮吸、慢慢地品尝。想起《熬鹰》中的金老爷子说金雕"风鸢"："不入陷阱，不入罗网，必是含仁怀义之兽，风鸢，捕不得。"的确，自然之神物，未来必将主宰自然，思如是。

灵魂在天上飞翔

——谢友鄞①近期小说论

东北，实际是地理名词，又延展成文化名词；其具象是空间概念，而抽象为时间概念。东北地域的荒寒、粗粝，融汇着文化的蛮莽、驳杂，空间的广袤、绵延，承载着时间的丰富、悠久。东北的荒寒与文化的混沌早被关注，林语堂在《吾国与吾民》中说：北方的中国人，习惯于简单质朴的思维和艰苦的生活，身材高大健壮，性格热情幽默，吃大葱，爱开玩笑。这是从自然生存状态和生理面貌对东北人的刻画，而从文化内涵上，王富仁在《中国现代短篇小说发展的历史轨迹》里有这样一段话："在东北，生存的压力是巨大的，生存的意志是人的基本价值尺度，感情的东西、温暖的东西，被生存意志压抑下去了，人与人的关系没有了那么多温情脉脉的东西，一切的欲望都赤裸裸地表现在外面。在精神上，人们感到孤独和荒凉，具有一种像东北的天气一样的寒冷感觉。……他们每个人的心里好像都有一块又大又重的磐石，下面压抑着许多不可名状的情绪，语言和动作都是突如其

---

① 谢友鄞（1948— ），中国当代作家，代表作品《大山藏不住》《谢友鄞小说选》《窑谷》等。

来的，过渡也是突兀的，再加上他们对东北外部自然环境的描写，其作品就不能不给人一种荒凉、寒冷的感觉。"[1]在这个荒寒地带生长的作家都或多或少地以他们的方式书写、传承和印证着这种文化的存在。[2]

东北文化的粗犷与荒寒已经是不可磨灭的烙印和铁铸一样的印痕，东北文学的传承与转型却是新时期作家有意或无意的作为，而谢友鄞就是其中重要的一位。谢友鄞的写作肇始于20世纪80年代，他初期的《窑谷》《窑变》延续到《马嘶》《秋诉》，到近年的《背一口袋灵魂上路》《一车东北人》，虽然弥漫着东北惯有的荒寒冽气，但已经呈现出别有一派的风采和气度。

一

20世纪以来，"东北作家群"沉重的历史特质与独特的地域品性被一代又一代东北作家继承和延续。谢友鄞作为一位80年代初就颇有名气的作家，由早期的中短篇开始进行长篇"试水"，近年出版了几部长篇小说，既有其一贯的风格，也有转型的尝试。

乡土与故园是一个作家的灵魂之地与血脉之源。"辽西边地"是谢友鄞的文学世界，本应具有东北的凛冽与荒寒，在作家笔下呈现的却是自然风骨与江南气质。边地轮廓鲜明，"隔河北望内

---

① 王富仁. 中国现代短篇小说发展的历史轨迹：下 [J]. 鲁迅研究月刊, 1999（10）：42-45.

② 刘广远. 汉语现代性与当代小说话语的变迁 [M]. 沈阳：辽宁大学出版社, 2010：25.

蒙古，西邻河北省。内蒙古草滩汹涌，河北峰峦如潮，百里无人烟"（《三省庄园》）。房屋生长自然，"后面没有一棵树，没有一片荫凉，地是灰岩石，一趟青石房戳在山坡上，坚硬荒凉"（《一车东北人》）。秋水轰然而下，"辽西一带的河，七沟八汊，大多是季节河。汛期一到，乌云蔽日遮天，洪水汹涌，吼声如雷，撼天动地。从上游掠下的人、畜、房屋、树木、庄稼，经过这段宽阔的河床，狂泻而下，眨眼间消失得无影无踪"（《一车东北人》）。待到晴空万里，驼队在远处迤逦前行，"远处马儿咴咴嘶鸣，落日偎在草滩上，圆硕巨大，壮丽如血。一长排拉草的马车，往营子里驶去，仿佛一个个人，背着一只只巨大的草捆缓缓挪动"（《边地驼队》）。辽西边地的大致轮廓宛然显现，青石房、荒草地、季节河、驮马队……辽西的粗犷与震撼如同粗线条的山水画卷，扑面而来。

然而，这绝不是其景致的全部，其写山写水，状至恬淡，文至古朴。我们可以看到院落的描述：

院落不大，自成天地。临街人家看重后院，这里有两畦菜圃，五棵枣树，甬路被踩得铁亮。黑泥院墙上的草须漫出来，像披蓑衣的老人，守卫着后院。（《背一口袋灵魂上路》）

小英子的家像一个小岛，三面都是河，西面有一条小路通到荸荠庵。独门独户，岛上只有这一家。岛上有六棵大桑树，夏天都结大桑椹，三棵结白的，三棵结紫的；一个菜园子，瓜豆蔬菜，四时不缺。院墙下半截是砖砌的，上半截是泥夯的。大门是桐油油过的，贴着一副万年红的春联：向阳门第春常在，积善人家庆有余。（《受戒》）

是否可以找到相似的感觉？上是谢友鄞的语调，下是汪曾祺的文字，同是刻摩院落，如果不是不同的树种，桑树和枣树诉说着生长地域的差异，我们看到的仿佛是邻居院落。文风质白、文字练达，我们仿佛见到沈从文、汪曾祺的身影。

沈从文自称为"乡下人"，汪曾祺被称为"抒情的人道主义者"，汪曾祺在西南联大时，曾经受教于沈从文，谢友鄞是否曾经师承汪曾祺，笔者不敢轻易判断，但是，他确实有意无意地承续着这种散淡悠远的"牧歌式"文风。20世纪，刚入写作之门，雷达曾以《奔向自由——谢友鄞短篇小说的形式美感》做过评价：

> 他做小说的原料其实是很简单的，甚至很单调的，无非是骏马、秋风、山谷、煤窑、冰河，再就是人人可自由享受的水分、阳光、空气了；他的环境也是固置的、狭隘的，总是在辽西的煤窑和蒙汉杂居的山村转悠，仿佛永远走不出这个封闭的小世界，但是，环境虽狭小，生命活力却旺盛，用料简单，色彩却丰富，情节淡化，情绪却在扩张。我读他的小说每每记不住故事情节，却又总能记住一些强烈的情绪和鲜亮的画面，原因也许就在这种简与繁，实与虚的矛盾吧。[①]

显然，如果谢友鄞仅仅是在模仿沈从文、孙犁、汪曾祺，以他们同样的姿态、同样的文风作为存在方式，那就容易被前人影像遮蔽。相同的院落，不同的树种，南方为桑，北方为枣；相同

---

① 雷达. 奔向自由：谢友鄞短篇小说的形式美感 [J]. 当代作家评论，1988（3）：26-31.

的景物，不同的感觉，南方秋水漫过，人则船上用木桨捞物，北方洪水震天，人则光膀，于洪水中抢拖人或者大树；同为人物，南方为小家碧玉女，北方则是豪爽大姑娘……。这些景观之物，带来更重要的思考，作为美的形式、美的力量，为什么能够以荒寒之地呈现如此情境呢？

我们所认知的辽西，绵延起伏的丘陵、郁葱莽莽的灌木、随处出没的小兽……粗犷、荒凉、寂寥，用这样的词语来形容和修饰非常恰当，然而，在作家的笔下却充满美感和力量，充满自由和想象。正如福克纳的约克纳帕塔法县、马尔克斯的马孔多小镇，或者鲁迅的鲁镇、沈从文的湘西小城，或者莫言的高密东北乡、苏童的枫杨树故乡、阎连科的耙耧山、孙惠芬的歇马山庄，谢友鄞的辽西边地同样充满了象征和寓意。

二

寓言的特质是一种诗学叙事范式，具有叙事性、想象性和隐喻性。拉美最受世人尊敬的作家博尔赫斯有过这样的论述："在熙熙攘攘的市集或者在烟云氤氲、可能有森林之神的山麓，他听人们讲扑朔迷离的故事，把它们当作真人真事，从不追究真假。"富有追求的诗人和小说家能够意识到，"一件虚假的事可能本质上是实在的"。[①]因此，所有具有寓言性质的叙述可能是更接近生活的本质，而"纯粹"的现实主义者则可能是机械的反映论者。

文化寓言是谢友鄞小说潜隐的有意味的形式。如果可以界

①博尔赫斯. 诗人［M］// 博尔赫斯文集：文论自述卷. 海口：海南国际新闻出版中心，1996：3.

定，最初的创作是"蹒跚学步"，那么现在就是"运步如飞"，文字的质感、地域的触感和形式的美感作为主体的存在方式有符号意义。然而，从表面的浮华望去，能够感到作者的思想飞动。谢友鄞说过："一个人，身体在大地上行走，谁也离不开土地，但灵魂可以在天上飞翔。"（《背一口袋灵魂上路》后记）同是东北作家，20世纪上半叶，萧红是先行者，"身体在大地上行走……灵魂可以在天上飞翔"，她的《呼兰河传》浓墨重彩地描绘了20世纪上半叶民众的生活、风俗的场景、地域的情境，但是笔力凄婉、"灵魂飞翔"。茅盾在评论《呼兰河传》时说："要点不在《呼兰河传》不像一部严格意义的小说，而在于它于这'不像'之外，还有些别的东西，一些比'像'一部小说更为'诱人'些的东西——它是一篇叙事诗，一幅多彩的风土画，一串凄婉的歌谣。"（《呼兰河传》序）如果把"凄婉"换掉，换成"自由"等"牧歌"式的词语，可以看作茅盾先生对谢友鄞《背一口袋灵魂上路》的感悟。如果说萧红是孤寂、凄苦的灵魂在飞翔，谢友鄞则是散淡、静美的灵魂在起舞，文学姿态融合，夹杂沈从文、汪曾祺与萧红的身影，然而又有所差异。

谢友鄞的写作潜藏着对抗和警醒。他的乡土故园充满着美感，无论是人物还是景色，都是典雅而古润，老桥、洪水、丘陵、煤窑、谷地、岩石……各种苍劲或者沉默的北方景物冷静、蔚然地列在那里，仿佛检阅着历史又似凝望着历史；人物更是古色古香、韵味悠远，无论是茶庄老板、驼队马帮还是江湖郎中、寺庙喇嘛……谢友鄞思考什么呢？萧红、沈从文、汪曾祺怀想自然的美好，描绘自由的向往，各具情怀、独有深意，谢友鄞想必也不会就是始终一贯地沉于自然之境、自由之莽，而分明或深或浅地植入对这个世界的思考和探寻。

呐喊和书写是思想者对世界的回答。工业文明戕害着农业文明、牧业文明，水泥筑成的森林，雾霾弥漫的城市；高度发达、咖啡文化的社会，资讯发达、人际冷漠的世界，鲍德里亚在《消费社会》中说："富裕的人们不再像过去那样受到人的包围，而是受到物的包围……我们生活在物的时代。"①手机、汽车、电脑、歌厅、酒吧、网吧……这一切具有现代文明的场景情境或具象物品在谢友鄞小说极少出现，这不应该是作家不喜欢现代生活，或者说忽略现代文明，而是隐隐地含着深深的警觉和认知。马尔库塞认为，在发达工业社会，人们表面上过着一种安逸的生活，拥有自己的住宅、小轿车、各种现代化的生活设施和日用消费品，但这种"安乐"是建立在痛苦基础上的"安乐"。由于"需要"只是"虚假需要"，满足也只能是"虚假满足"。谢友鄞说过："如今物质丰富，生活节奏匆忙，工业标准化，很可能扼制、淹没人的想象力。生活的贫困和艰辛，反而会刺激人的幻想，激发人的探索、追求，甚至冒险精神。"（《作者自述·赶路要紧》）作家笔下提供给我们别样的生活图景或物象景致：驼队悠然地托着夕阳迤逦前行，在牧歌式的生活（《边地驼队》）；好兵李大壮对生态的保护，对自然森林的狼给予护养（《好兵李大壮》）；东北人许多浪荡大草原、下边河捞浮柴的侠义气概（《一车东北人》）；马镫上巡游在蒙汉交界的乡公所所长张抱丁，对历史沉浮吴府的眷恋和依赖（《背一口袋灵魂上路》）——厚重的古老文明、延续的自然生态养育着、滋润着子孙，我们赖以生存的精神与物质都需要予以最深沉、最努力的保护。边地响起牧歌声，扬马跨出蒙汉界——这种生活方式的消失，不仅是一种生存

---

① 罗钢，王中忱. 消费文化读本［M］. 北京：中国社会科学出版社，2003：1.

方式的渐渐远去，更是一种文明方式、行为准则、日常伦理的"沦陷"。

人的扭曲与异化是另一种伤害。村里的老先生七十岁了，长了满眼白翳，拄着拐杖走路，神清气爽，人做得高，犹如闲云野鹤、悠然自得、不惧官商，我爹却畏惧那些镇上的干部，还不断说："巧人是蠢人的奴。"（《女儿河》），褒扬人性的自由和无欲则刚；疏眉朗目、穿对襟白布褂的清苦农民王老疙瘩对弈骄横的马科长，用实力和智慧戏耍了无知愚昧的"官"，揭示了官场的虚伪与丑陋（《小卒下大棋》）；1949年之后，数十年无法承认"地主"家族并且不敢回家的官僚吴世达，他承受着良心的折磨和内心的拷问；类似阿Q，以"革命"为名，就想占有富人家的女儿的天宫村贫雇农"革命团"团长麻家驹，曾经讲义气、重感情的麻家驹变得骄横、野蛮，因为时代、历史、社会、政治扭曲了他的人格和性情（《背一口袋灵魂上路》）——现代社会中冲垮了淳朴的古老文明和干净的自然生态，张抱丁和吴世达曾是至交，友情在波谲云诡的社会发展中逐渐消亡了；农民王老疙瘩无法接触县领导，却由于下棋战胜傲慢的退休的马科长，与退休副县长产生惺惺相惜的感觉。人的存在意识、道德伦理、精神价值，在社会发展变化中，逐渐改变并且发生吊诡的扭曲。20世纪初期淳朴的张抱丁，在变成敢吹嘘"亩产万斤"报道员；曾经在国民党中时，杀过共产党，在解放军中时，杀过国民党的瘸子无人接纳，选择了皈依佛门（《背一口袋灵魂上路》）。扭曲灵魂的背后是时代的悲剧、历史的挽歌，历史与时代的进步固然带来了文化和文明，但同时摧毁着固有的传统、习俗甚至是淳朴的、自然的人性。

～ 三 ～

异化具有复杂性、多元性和神秘性。马克思说:"只要人不承认自己是人,因而不按照人的样子来组织世界,这种社会联系就以异化的形式出现。因为这种社会联系的主体,即人,是自身异化的存在物。"[①]人的异化主要表现为能动力量的消失、异己力量的存在、神秘力量的诞生等,谢友鄞的小说中人的异化主要是揭示人的非人类性、非常态化的人的存在。

谢友鄞小说观照人与动物的关系。人的动物性在某些时候超越于人类性的存在,人类在与兽类争斗中,兽类表现出动物的顽强、果敢、勇猛、团结,而人类则表现出懦弱、蛮横、豪强、残酷。小说分别描绘了人与牛的争斗、人与猪的厮杀、人与狗的拼斗、人与田鼠的战争等。

　　瘌公狗昂起头颅,它不狂吼乱叫,它毫不咋呼,像权威的老头人,打了个呵欠,咕哝一句什么,野狗们如决堤的洪水,脊背波浪起伏,冲向马车。(《一车东北人》)

　　田鼠扭转头,小眼睛贼亮,盯住许多。它身长半尺,圆耳朵,短嘴巴,胡须扎撒。它无路可退了,猛地蹿起来,一口咬住铁锹边,"咯喇"一响,金属声嗡嗡震颤。……田鼠或大或小,或肥或瘦,瞪着红眼睛,龇着牙,土褐色脊背随垄沟垄台,波浪似起伏。它们在游行,抗议,示威,警告侵

---

　　① 马克思. 詹姆斯·穆勒《政治经济学原理》一书摘要 [M] // 马克思, 恩格斯. 马克思恩格斯全集: 第42卷. 北京: 人民出版社, 1979: 24-25.

略者！（《一车东北人》）

母狼的头朝后一点点仰去，他的嘴向上拱，一口咬住母狼的喉咙，嘴里塞满乱糟糟毛。许多咬力惊人，母狼喉部的皮肉被他扯紧聚进口中。许多听见母狼喉管气鼓声，颈部血管突突奔涌。许多用锋利的牙齿，"吱啦"撕开狼脖子。（《一车东北人》）

蒙古马天性骄傲，主人身份高贵，它就更自尊。到地儿了，主人下来，它昂首挺胸，站得纹丝不动，俨然一尊雕塑。这节骨眼，马腿急剧淤血，紫青斑斑，弄不好落下残疾，真是死要面子活受罪！（《背一口袋灵魂上路》）

我们不厌其烦地援引文字，是并列起同为生物者的"像权威的老头人"的狗、"警告侵略者"的田鼠、被咬住喉咙的母狼、"昂首挺胸、纹丝不动"的蒙古马，还有神一样的鹰、搏命的猪、通人气的"老胡"（狗的名字）等。动物超越于动物性，获得人类性；人类降低人类性，接近动物性。《物种起源》里"低等生物向高等生物进化"的论断在文学的想象面前变得虚弱——人类和动物共同存在和生活，自然生态给予同等待遇，"物竞天择，适者生存"，人类不能与自然争利，如果不顾一切扼杀其他物种生存的权利，尤其是竭泽而渔、焚林而猎，会引来自然的反应甚或强烈的报复。人类不能完全超越于自身生存的现实和自然，作者深刻地意识到人的异化已经形成对自身的威胁和对自然的戕害。

人的灵魂的有无是人类不断思考的问题。《祝福》里的祥林嫂曾经无数次追问："人死了之后，究竟有没有魂灵？"谢友鄞小说中探寻魂灵或者梦境来补充和融合叙述的情境，这已经进入神秘或者未知世界。

魂灵或者梦境是一个世界的另一种存在，或者说是文本之外的文本、主题之外的主题，构建成另一种阐释或者叙述。"灵魂在天上飞翔"，《背一口袋灵魂上路》中张抱丁一次又一次进入梦境，寻找逝去的世界，找寻原乡的记忆；无赖的灵魂被一次又一次惩罚，直至讨饶不已；作为妓女的四姐梦见相好的麻家驹一次又一次地来托梦——文学的想象与叙述的空隙表现得紧密而疏朗，作者的思考呈现完整的序列和文本的"留白"。在此时，人的异化的表现已经成为主体的思想不可分割的一部分，既是内容的需要，也是形式的需要。

人的分裂化、商品化、宿命化都是一种非常态的存在，按照莱辛的理解，人已经成为一种符号。瘸子杀过解放军和国民党，所以，当庙里的喇嘛看见他，就说，"你到地了，你来了"——瘸子已经陷入分裂状态，他的皈依是一种必然；经营小铺的九道子，竟然在刚刚被枪战打死的自己的孩子面前，就把镀银的鞭子以两石粮食的价格卖掉——已经毫无人性的爱可言，这种人被商品化，在鲁迅、莫言、余华的小说中都有所体现，暗含着讽刺和批评；吴长安去世之前，放走了朝夕相处的小乌龟，生命最后的一刹那还是把出嫁的女儿送到门口——体现了宿命的轮回，万事万物，皆有一理。瘸子、九道子、吴长安分别成为分裂性符号、商品化符号、宿命论符号，他们是德国哲学家卡西尔所命名的"符号的动物"，他们的行为成为符号行为——人类成为特定的符号，创造文化也毁灭文化，创造存在也毁灭存在。

谢友鄞的小说呈现的是辽西边地特色和自由审美的愉悦，近期小说更是彰显新的内容和形式，关心人类的生存、思考人性的存在、探索历史的趋势。虽然偶尔呈现出人物形象模糊化、故事叙述片段化、语言意味单一化，但是主体强烈的介入意识、深重的人文关怀与深沉的历史反思却极大地扩充了文学的可能性，丰富了文本的哲学意味。笔者赞同谢友鄞在《背一口袋灵魂上路》后记里说的："赶路要紧"！

无望的追寻与碎裂的历史

——论陈昌平①小说创作

让·雅克·卢梭在《社会契约论》"第一卷的题旨"中提出："人是生而自由的，但却无往不在枷锁之中。自以为是其他一切的主人的人，反而比其他一切更是奴隶。"②后来常被人引述论证"人是生而自由的"，却忘记后面的"人在枷锁之中"与自妄而成"奴隶"。因为社会与现实更多地带给人困惑、迷乱和混沌，很难提供通透、澄明的镜像以令人清晰、明澈而寻觅到"灵魂的栖息地"，人类常常深陷其中而不自知。正如法国的欧仁·德拉克罗瓦的藏于卢浮宫的油画之作《自由引导人民》成为人的精神导索，人在探究已知、当下和未来的世界时，都不无惶惑，希冀于悟道为苏格拉底定义的人——"能够对理性问题给予理性回答的存在物"③。文学是一束光芒，通过构想和虚化文字的世界，人类通过这束弥足珍贵的光熹微地映照纵横交错的路，引导自身顽强且倔强地前行。当代小说以简单的或复杂的叙事、诡异的或平

---

① 陈昌平（1963—　），中国当代作家，代表作品《英雄》《肾源》《血涡》等。

② 卢梭. 社会契约论 [M]. 何兆武，译. 北京：商务印书馆，2009：4.

③ 恩斯特·卡西尔. 人论 [M]. 上海：上海译文出版社，2004：9.

庸的姿态、惊艳的或素颜的面孔，叙述着现实的或非现实的故事，而这常常使读者恍惚其中或超然度外——茫然思辨或猛然警醒。陈昌平的小说并非超凡脱俗的叙事，也并非神鬼莫测的揣摩；贩夫走卒、街坊邻居都是故事中人，又似乎是现实之事，清晰地似乎能触及人物，但又倏忽地远遁，沉入生活的深处。如伊恩·P. 瓦特所说："如果他们的小说呈现出的趋势，与按照许多公认的伦理学的、社会学的和文学的准则来表现的更讨人喜欢的人类生活图景有所不同，那仅仅因为它们是比前人更冷静、更科学地考察生活的结果。"①

一

人物的强力与卑怯融汇于叙述之中，这里没有简单的道德阐释与权力规约，有的是权力的杂糅分化与利益的混乱切割。职员、民工、文人、小公务员等人物以点列式、散兵式出现，简单叙事、直面生活——一群"贱民"的故事，"低一等"或"下层"的边缘阶层或弱势群体②，在无助的社会边缘或者生活的罅隙中谋求一丝未燃的灯绒以求得生活的喘息或沉默的苟活。鲁迅说，"真的猛士，敢于直面惨淡的人生，敢于正视淋漓的鲜血"③，而这群小人物只是希望平庸地活着或者能够活得比平庸更好一点，

---

① 伊恩·P. 瓦特. 小说的兴起 [M]. 北京：生活·读书·新知三联书店，2003：3.

② 孟繁华. "贱民"的悲喜剧与小说之光：评陈昌平的小说创作 [J]. 当代作家评论，2004（6）：79-84.

③ 鲁迅. 记念刘和珍君 [M] // 鲁迅. 鲁迅全集：第3卷. 北京：人民文学出版社，2005：290.

也就茫然地等待或无助地接受——而这样的要求也似乎是天方夜谭抑或南柯一梦。

《复辟》《首席人民》《英雄》《爱情纪念日》《宠物》等作品，可以看作陈昌平近年的精心之作。这些作品叙述的手法、旨趣、形式各异，其中小人物的人生际遇、坎坷遭遇是可类比与可参鉴的。笔者认为，《复辟》是比较独特的一篇小说，故事叙述了一个叫刘富贵的老工人经历右派的遭遇，在平反的时候，却没有了右派的身份，结果引发了老刘持之以恒地寻找自己是右派的漫长征程，用"征程"来叙述老刘寻找自己右派的根源是名正言顺的。老刘分别用了直面领导——院长唐伯琦，要求更正自己是右派，未果；征集签名——全院职工签名认定"刘富贵同志于1957年被打成右派了，特此证明"，未果；走上层路线，给退休老领导写信，未果……最后，终于得到院方证明，却被水淹渍而无人知晓了。本来是一个荒谬时代的荒谬身份，却成为需要找寻的源祖——右派已经成为正常时代一种"荣誉"标志，谋求平反也已成为荒诞的追求。《首席人民》讲述了名字叫作逢敬舜的"我"，因为年轻时候的特殊工作——给领导做便衣保镖，"年富力强"的时候名字都叫作李志民，等到退出工作、默默无闻的时候叫逢敬舜。所以，主人公一辈子都在"李志民"的光辉的外衣下生活，而直到"一九七六年之后，（我）被审查了两年，然后回到了大连。老来老去，五十二岁了，又成了逢敬舜"——悲催的命运，荒诞的人生，代表符号性质的名字却被另一个毫无意义的名字代替，用漫长一生的时间找寻丢失的"自我"，找到的时候发现"自我"已经是千疮百孔、满目疮痍。卡西尔有这样一段话："人的符号活动能力（symbolic activity）进展多少，物理实在似乎也就相应地退却多少。在某种意义上说，人是在不断地与自身打交道而不是在应付事物本身。……即使在实践领域，人也并不生活在一个铁板事实的世界之中，并不是根据他的直接需要和意愿而生活，而是生活在想象的激情之中，生活在希望与恐惧、幻觉与醒悟、空想与梦境之中。正如埃皮科蒂塔所说的：'使人扰乱和惊骇的，不是物，而是人对物的意见和幻想。'"生活在想象的激情中的人类，身不由己地陷入"希望与恐惧、幻觉与醒悟、空想与梦境"之中，小人物刘富贵、逢敬舜追寻着自己的虚幻的愿望、冥想的希望，可是这种追寻犹如持长矛的堂吉诃德面对风车，追寻者与追寻物之间存在着巨大的物理之"距"与时间之"距"，物理的位移、时空的转换，我亦非我，物亦非物，追寻是无望的目的甚至是决绝的空响。

相比较而言，《布局》《爱情纪念日》更具批判现实主义色彩，"激发了民众情感，疏浚了民意"。①《布局》中的李师傅为了不下岗的需要，在离休的罗厂长"约法三章""连赢三盘"的允诺下，凸显生理的本能，激发真实的实力，连赢四盘，老厂长溃不成军。《爱情纪念日》中的"我"却是为了一个爱情纪念日的正常进行，结果却因为看电影的人不够五人面对重重阻挠而没有过成自己的爱情纪念日。无论是因为"成功"战胜老厂长而没办成事情的李师傅，还是由于客观原因或主观原因而没完成爱情纪念日的主人公"我"，都不是倒在不自知的状况下，而是倒在无法对抗的潜在的生活规则上。潜在的生活规则就是某些特定时期，人们已经接受某种暗示或某种习惯，个体面对权力的软弱或者挑战权力的冲动，是个体生活情景常态和变异的两副面孔。人

① 刘广远. 清末民初的文学思想流变与辛亥革命的发生：以报刊媒体的演进为例 [J]. 学习与探索，2011（5）：188-192.

在大机器时代重要的是追求自身的独立和个性的张扬，而现实的庸常的生活规则已经牢牢地束缚着民众。《布局》中离休的罗厂长认为："那些（党和国家领导人颁的奖）荣誉既是奖励他个人的，更是奖励他头上那顶乌纱帽的。而这个（围棋协会）'终身荣誉奖'就不同了。这是实实在在奖励给他这个围棋爱好者的"，而且，他是厂子里的"六届冠军"，难逢对手。可是当面对着老厂长要求必须"连赢三盘"才替他说话办事的个体最大利益时——工人李师傅才开始挑战"权力"：

> 这天下午，连下四盘，罗老竟然皆败。
>
> 如果出现明显漏着，即便中盘告负，罗老也能接受。只是，有两盘棋，罗老觉得自己下得滴水不漏了，但还是没有一点机会。这比中盘告负更让罗老难过。这不是脆败，而是慢慢死亡。这意味着什么？罗老心里很清楚。任何一个不糊涂的棋手都很清楚。
>
> 实力。是的，实力使然。
>
> 就是说，李师傅以前的落败，分明是藏了一手。那么说，自己的胜利呢，不就是打了折扣甚至……掺假了吗？

真相往往是惨不忍睹的，尤其当残酷的现实被突兀的个体以尖锐的方式击溃。请允许笔者用类似"圈套"的话语阐释，《皇帝的新衣》是被无知的孩童以纯真的眼光戳破蒙昧的世界。《布局》中的"谜局"是被性格淳厚的工人师傅以鲁莽的率真打破虚幻的"荣誉"。至于《爱情纪念日》里的"我"则是无法跳出桎梏的圈套——不到五人不许看电影；有站街女充数的五个人，不能看电影；不离开影院，请警察来清场，不可以看电影；最后，经理陪着你看，让你看得胆战心惊、兴趣皆无。这种叙述"圈套"就是叙述生活的潜在规则，无法摆脱，又无法控诉——售票员的肆意卖票的权力、经理的任意驱赶观众的权力、警察的类似家丁的暴力权力；唯独已经买票最应该拥有观看电影权利的观众没有了观影权；唯独有真正棋艺实力的李师傅不敢使用权利，使用权利的后果就是不应下岗的可能变成无奈接受下岗的可能。笔者想起鲁迅，他被理性的生活规则和生命的茫然冲动之间的矛盾困扰，他认为一方面是理性的声音，人是不可能获得自由、解放的，人是历史的中间物；一方面是难以抑制的生命激情的呼唤——人应该打碎一切的束缚、桎梏而获得自由、解放。但是，我们希望"人，在抛弃了社会、历史、文化的压抑束缚以后，呈露出自我的真实本性"，如鲁迅笔下"《社戏》《故乡》体现出未经社会理性所污染、熏陶的自然的人，优于为社会理性所塑造、改造的人"。[①]诚然如此，陈昌平也经历着这种无法解决的矛盾，求索物的本质，而不妥协；追寻人的"自然"，而不退缩，即使追寻的是无阵之物或头破血流。

二

　　荒诞而破碎的历史感，在小说中常常得到体现。笔者曾经论述过这样的命题，文本与历史的关系错综复杂。然而，自新历史主义而来，"历史本真已经避免不了遭到怀疑，文学本真又是虚

---

　　① 张福贵. "活着"的鲁迅：鲁迅文化选择的当代意义 [M]. 北京：社会科学文献出版社，2010：150–152.

构，文学话语能够历史重现，已经是主体的想象或者猜测"①。历史已经受到"规训"，文学借助虚构和想象弥补和填充历史的细节和缝隙。某种可能类似叙述历史的小说，"作为话语形式的叙事没有给再现的内容增添任何东西：它只是真实事件的结构和过程的模拟（simulacrum）。就这种再现与它所再现的事件类似而言，它可以看作是一种真实的描述。故事中讲述的故事是对历史实在之某一区域中所发生的真实故事的模仿"。②小说叙述对历史具有怀疑的表述与历史陈述对小说叙事天生的敌意，令人能够预判二者发展轨迹的曲折蜿蜒，发展过程中时而交叉融合、时而纠结矛盾也是必然。亚里士多德做出如下价值判断："诗人的职责不在描述已发生的事，而在描述可能发生的事，即按照可然律或必然律是可能的事……真正的差别在于史学家描述已发生的事，而诗人却描述可能发生的事，因此，诗比历史是更哲学的，更严肃的——因为诗所说的多半带有普遍性，而历史所说的则是个别的事。"③历史观照发生的"已经"，"诗"则预鉴发生的"可能"，文学体现其价值实在。

《国家机密》《特务》《英雄》《复辟》《苏联宝贝》《首席人民》等小说体现了陈昌平深邃而又"诡秘"的思考。格林布拉特说："我们寻求一些超乎这些之外的东西：我们想找到过去的躯体和活生生的声音，而如果我们知道我们无法找到这一切——那些躯体早已腐朽而声音亦已陷入沉寂，我们至少能够捕捉住那

---

① 刘广远. 汉语现代性与当代小说话语的变迁 [M]. 沈阳：辽宁大学出版社，2010：4.

② 海登·怀特. 形式的内容：叙事话语与历史再现 [M]. 北京：文津出版社，2005：36.

③ 朱光潜. 西方美学史 [M]. 北京：人民文学出版社，2003：72.

些似乎贴近实际经历的踪迹。"①这种新历史主义对过去"厚描"的表现形式，使文学话语与非文学话语产生对撞、交融和分歧。②《国家机密》中的王爱娇是一个没有长大、拖着鼻涕的孩子，他总是做梦，每一次梦境都与国家即将发生的大事神秘吻合，所以，一次次"历史事件"就隐化为孩子的梦境，孩子的梦境演绎成"国家机密"。《小流氓》中的王小强显然是一个"意外"，因为总觉得自己幼小而试图向大孩子们证明自己的"成熟"，于是不断挣扎着"拔苗助长"不成熟的情感，结果意外成为历史的批判标靶——被抓而成为"小流氓"。显然，历史在这里成为演绎与推演的"八卦阵图"，"文化大革命"历史本身就具有不可复制性，而荒谬的梦境与个人的想象虚构了"历史"，进而将坚硬的历史叙述成神奇怪诞、虚幻黑白、无可救赎的荒诞图景。历史本身的荒诞铸就文学叙述的惊奇和怪诞，创作主体辛辣反讽与亦庄亦谐淬炼着异化的存在，彰显其价值判断和焦虑状态。孩童视角显然是一种预设，没有长大的孩子是未经启蒙、蒙昧稚弱的物类，孩童行为其实是一种原生的动物本能。孩童的梦如果说具有"超现实意义"的功能，如弗洛伊德所说："人们把梦视作一种神秘的力量并把它与其他更熟知的精神力量相对应，……如果把梦看作白日被阻抗、夜间却从深藏的激动来源中

---

① 克利福德·格尔兹. 文化的解释［M］. 朝莉，译. 南京：译林出版社，1999：27.

② GALLAGHER C, GREENBLATT S. Practicing new historicism［M］. Chicago: The University of Chicago Prees, 2000: 30. "厚描"（thick description，或译为"深描"）是文化人类学名词之一，意即从极简单的动作或话语着手，追寻它所隐含着的无限社会内容，揭示其多层内涵，进而展示文化符号意义结构的复杂社会基础和含义。参见克利福德·格尔兹. 文化的解释［M］. 韩莉，译. 南京：译林出版社，1999：12.

获得增强的冲动的一种表达形式"①，那么，"它是向人类灵魂中不可征服和不可毁灭的成分、向提供了梦愿望并能在我们的潜意识中发现的那股魔力所表示的敬意"。②这种在民众心中酝酿、发酵的"神秘力量"，恰巧碰见适当的燃火得以引爆和迸发，在历史和文学的缝隙之间找到巧妙的燃烧点，激发了"人类灵魂中不可征服和不可毁灭的成分"。王爱娇的梦境、王小强的"自我表达"都可以视作人类原始时期的"混沌之说"，正如同《狂人日记》中的"狂人"的"呓语"，是非正常状态下的情绪表达与情感抒发。然而，荒诞的故事却暗示出主体规避体制话语的努力和重新解读历史的强烈愿望。

个体叙述是一种历史叙事表述方式，体制话语也表现出强烈的规约意识。《复辟》《首席人民》《苏联宝贝》《英雄》等小说从历史的细节出发，表现了体制话语的力量和国家秩序的规训。《复辟》中的老工人刘富贵经历千辛万苦，换回一场面对"无物之阵"（鲁迅语）的失败；《首席人民》中的逄敬舜或者李志民到最后也没有确切地明晰两个符号般的名字——哪一个更能代表自己的存在；《苏联宝贝》中的退休工人老刘用"山寨版"的望远镜装饰着自己虚幻的生活形象。体制话语以细密、狡诈、诡异、神秘的姿态弥漫于实在空间和精神空间，组织权力、精神枷锁、思想行为有形或无形地规约着民众。无法看见与触摸的组织权力就是"无物之阵"，面对着正义的诉求和主张可以无缘由、无底

---

① 西格蒙德·弗洛伊德. 梦的释义 [M]. 张燕云，译. 沈阳：辽宁人民出版社，1987：2.

② 同①：572. 参考弗洛伊德对梦的进一步解释，"我的意见是，梦应该被宣判无罪。任何现实是否都应归因于潜意识愿望，我不敢说。当然，现实必会拒绝所有瞬息的和居间的思想。如果我们面临着最后地和最真实地表达出来的潜意识愿望，我们仍须记住，精神现实是一种特殊的存在形式，它决不能与物质现实混为一谈。"

限地拖延、推诿、扯皮和漫不经心。《复辟》里刘富贵面对着进进出出的"没有签字"的领导采取"对眼"战术：

> 毫无疑问，他的目光是充满期待的。但是，他又不因为期待而显得有一丝一毫的谦卑。只要你稍微触碰上他的目光，你就会感到他目光里的滚烫与灼热，如同一枚烧红的锥子。而且，这种滚烫与灼热并不因为对方的冷淡与躲避而有所减弱。烘托他目光的，是他脸上含苞待放、蓄势待发的饱满笑容。这笑容就像很薄很嫩的花瓣，只要领导轻轻一碰，立即毫不犹豫地绽放。

这一段文字尖锐地表达出在领导"冷淡与躲避"的目光里人物的艰难等待和脆弱期盼。面对着个体一次次的挑战，傲慢的组织权力极为艰难地履行正常的手续，而丝毫没有考虑滥施权力时的随心所欲、毫无顾忌。同样，面对以另一个名字存在灿烂的历史，逄敬舜却无法享受体制的待遇；一个虚假的望远镜竟然支撑着虚无的苏联战争历史，退休的空虚与孤寂的心理承受着现实世界的全部压力。虽然《苏联宝贝》叙述的是当代故事，但明显地表明"历史痕迹"，而《复辟》的故事发生时间是1979年，《首席人民》则定格在1949年到1976年。时间是历史的刻度，历史在叙事中披荆斩棘，这是一段模糊、暧昧、波谲云诡的存在状态，文学想象与虚构体现主体的阐释性、怀疑性。哈贝马斯认为："历史的前定的东西的实在在反思中被接收时，并不是不受影响的，已经明了成见的结构不再能作为一个成见起作用……反思并不是无所作为地在传下来的规范的事实性上消磨自己。它必须依从事实，但在回顾时它发现了一种反思的力量。"①体现着这种观念的具体文本，是对历史存在、体制规约的一种关注、一种提醒，是"一种反思的力量"。

《国家机密》《首席人民》《苏联宝贝》《英雄》《汉奸》等小说都不断地嫁接历史的碎片、跨越着历史的刻度、混杂着历史的事件，形成碎裂的、芜杂的、混乱的叙述格局和历史谱系。脱去历史的外衣，人类生命中的精神资源基本被强行抽空；而回顾残酷的过去，人类又心悸于刀光剑影的惨烈或无声无息的消亡。福柯指出，个人的区分是一种权力挤压的结果，这种权力自我扩展、自我衍生和连接。一方面是大禁闭，另一方面是规训。这种做法让"我们想到了我们这个时代"，"直至今天布置在非正常人周围的、旨在给他打上印记和改造他的各种权力机制，都是这两种形式构成的，都间接地来自这两种形式"。②文本话语可能被"规训"，形成被"权力"压制或成为压制的同谋；也可能展示出偶然性、异质性、怀疑性甚至是逆向性的非文本话语。陈昌平的小说提供了一条思考的路径。《国家机密》中的王爱娇的梦就是一件件历史事件：

1. 1967年9月7日夜晚或9月8日早晨，王爱娇同学梦见一架敌机掉下来了。

——第二天，中国人民解放军空军在华东上空击落一架美帝国主义的U-2高空侦察机。

2. 1969年3月1日，王爱娇同学梦见解放军跟长着大鼻

① 王岳川. 现象学与解释学文论［M］. 济南：山东教育出版社，1999：272.
② 张进. 新历史主义与历史诗学［M］. 北京：中国社会科学出版社，2004：124.

子的外国人在雪地里打仗。

——苏联边防当局出动大批武装军人，在装甲车的掩护下，侵入我国的神圣领土珍宝岛，袭击由孙玉国率领的中国边防军巡逻分队。我军被迫进行自卫还击，给予入侵苏军以歼灭性打击，胜利地保卫了祖国的领土。

…………

6. 1970年5月19日夜晚或5月20日早晨，王爱娇同学梦见有人惹毛主席生气了，毛主席狠狠地骂了他一顿。

——伟大领袖毛主席发表了《全世界人民团结起来，打败美国侵略者及其一切走狗》的声明。

…………

一件件断片式的历史事件竟然都是一个稚弱的孩童之梦，"王爱娇同学的梦是国家机密"显现巨大的讽喻意义。《英雄》中叙述朝鲜战争的老李完全进入"战时状态"，在不断地编造自己是战争英雄的故事以至于忘记了自身的存在，最后被老将军戳穿的时候，老李才"恍然"自己的朝鲜战争故事都是虚构的。《苏联宝贝》就是一代又一代将望远镜的"历史骗局""瞒和骗"下去，无法停止的谎话。《首席人民》喻示着一辈子的作"假"，一旦成"真"，却茫然无措了。《汉奸》则是主人公无法到达道德的彼岸，彰显了被遮蔽的历史中个体的无助与苟活。卢梭说："天性的甜蜜声音对于我们不再是一个正确无误的引导，而我们所得之于它的那种独立状态也就并不是一种可愿望的状态；和平与清白，早在我们能尝到它们的美味之前，就已经永远错过了。为原始时代愚昧的人们所感觉不到的、为后代已经开化了的人们所错过了的那种时代的幸福生活，对于人类来说将永远是一种陌生的状态；或者是由于当有可能享受它的时候而未能认识它，或者是由于当有可能认识它的时候却丧失了它。"①的确，"错过"的"黄金时代的幸福生活"，因为人类天性还期待着国家自然、历史自然，这是一个困围人类的谜局。

陈昌平在不断地前行，其关注点有所扩展与思考度层层进深，他对历史的探索与对人性的体察形成独立的知识谱系。近年来，阅读其小说，增添诸多可以抚卷沉思的篇章，如：《爱情纪念日》中面对体制的无奈；《纯洁》貌似纯真实则堕落，彰显一种当下的无奈和反思；《复辟》无论如何也无法证明自己的身份；《首席人民》恰恰丢失了真实的"自我"；等等，都令人感到无物和虚妄。如今，日常生活审美化或者日常生活庸俗化切近现实，深入细密地研读民众的物理存在与精神思想，更好地体察人性悲悯的深度与历史苍凉的厚度，沉潜中西文化的交融且缓缓地涂抹强大生命力的文字图画，是当代作家的意志力、持续力的象征。

---

① 卢梭. 社会契约论 ［M］. 何兆武，译. 北京：商务印书馆，2009：187.

附录

从文学史到文化论

——张福贵①的人文精神

学者，耕耘于课堂，行走于天下，亦如农夫，躬耕田亩，润育禾苗，期盼着丰收，至于未来之果实、来日之收获，则是既有勤劳，亦需天助。然则，学者的成果众生可见，辛劳则甘苦自知，每一个怀抱"为天地立心、为生民立命，为往圣继绝学，为万世开太平"的学者，都希望在历史上做上一段注解，留下一道"印痕"。古人云，铁肩担道义，妙手著文章。的确如此，20世纪50年代的这一批学者，他们与共和国同龄或相近，是具有强烈的社会意识、民族意识、国家意识的。张福贵就是其中典型的人物。在接受韩文淑采访的时候，他说："80年代是一个昂扬向上、狂飙突进、激情洋溢的时代，当时的时代氛围是：救天下苍生舍我其谁！"②从1982年至今，40余年的学术生涯，福贵老师可谓"夜阑卧听风吹雨，铁马冰河入梦来"，胸怀天下、心有苍生不为过。具体而言，笔者觉得福贵老师的学术研究大致可以分为四部

---

① 张福贵（1955—　），吉林大学哲学社会科学教授，中国作家协会会员。

② 张福贵，韩文淑. 鲁迅精神的传承与新文化立场的坚守：张福贵教授访谈[J]. 当代文坛，2019（2）：27-34.

分：鲁迅学的研究、文学史的思考、文化史的观察与思想史的建构。叶落知秋，遗珠必存，其实，其学术轨迹与学术天地是海阔天空、星罗棋布。鲁迅学的研究不必细谈，无须赘述；文学史的思考，原创性是其最大的优势；文化史的观察，虽是温和的思考和犀利的诘问，却是深刻的洞见与前瞻的预言；思想史的建构，反思与怀疑是其理论建构的思维武器与批判武器。自五四以来，知识分子的文化思维模式多数是批判的、质疑的，而多年研读鲁迅，阅读、思考、质疑的思维习惯也深深地含蕴于内心。张福贵的研究立足于现代文学，触角伸向广阔的学术天地，枝干覆盖史学、诗学、文化学、社会学、人类学、政治学、伦理学等。枝丫遮天地，心静我自知，福贵老师既孜孜以求于学术，又默默传播文化之种子。泰戈尔在《人生的亲证》中有这样一段话，"他的目的不再是获得而是去亲证，去扩展他的意识，与他周围的事物契合。他认为真理是包容一切的，没有绝对孤立的存在，并且认为亲证真理的唯一途径是使我们的生命融汇于一切对象之中"，①笔者认为放在这里是合适的。

一

　　作为一个文学研究者，都希望自己在本领域留下"声音"。编写或者撰写文学史就是其中重要的标志性的"打卡"动作，而具有什么样的文学史观，编写什么样的文学史，如何考量史实与文本的关系等都成为文学史编撰中的基础问题。文学史观是一个

---

① 泰戈尔. 人生的亲证［M］. 宫静，译. 北京：商务印书馆，2007：4.

现代文学研究者的重要思想武器，研究者未来的思考方式、研究体例、观察方法等都在文学史观的视域下运行，文学史观是文学史的基础，有什么样的文学史观就会产生什么样的文学观点和概念。文学史观的形成需要厚积薄发、循序渐进，是一个吸收、归纳、总结，再吸收、再归纳、再总结的过程，正如胡适所言，大胆地假设，小心地求证。"一切主义，一切学理，都该研究。但只可认作一些假设的见解，不可认作天经地义的信条；只可认作参考印证的材料，不可奉为金科玉律的宗教；只可用作启发心思的工具，切不可用作蒙蔽聪明、停止思想的绝对真理。如此方才可以渐渐养成人类的创造的思想力，方才可以渐渐使人类有解决具体问题的能力，方才可以渐渐解放人类对于抽象名词的迷信。"①在文学史的研究上，梁启超也在《清代学术概论》中说过："研究精神不谬者，则施诸此种类而可成就，施诸他种类而亦可以成就也。清学正统派之精神，轻主观而重客观，贱演绎而尊归纳，虽不无矫枉过正之处，而治学之正轨存焉。其晚出别派（今文学家）能为大胆的怀疑解放，斯亦创作之先驱也。"②虽梁任公认可清学正统派，但对"晚出别派（今文学家）"的"大胆的怀疑解放"的精神更是肯定的。举凡旧例，推陈出新，不同时代对不同时期学者有着不同要求。近现代以来，被认定为最早一部中国文学史作于1904年，是林传甲（1877—1922）撰写的《中国文学史》，始肇之时，文学史开始进入国家教育体系。孙康宜、宇文所安编的《剑桥中国文学史》（下卷1375—1949）提到文学史的写作时候说，"从这一点而言，文学史是一项按照既定时间

---

① 胡适. 胡适论治学 [M]. 合肥：安徽教育出版社，2006：4.
② 梁启超. 清代学术概论 [M]. 长沙：岳麓书社，2009：102.

链和国族想象所构建的现代工程"。①后文还提到苏州东吴大学教师黄人（1866—1913）撰写的《中国文学史》。当然，对于近现代文学史的观察，我们大都熟悉胡适的1922年所写的《五十年来之中国文学》、阿英的《晚清小说史》（1937）等。当然，我们也不能不提及夏志清的《中国现代小说史》，如哈佛大学李欧梵题在此书尾页的赞誉之词，"夏志清的书至今已是公认的经典之作。它真正开辟了一个新领域，为美国作同类研究的后学扫除障碍"。②文学史林林总总，汗牛充栋，挂一漏万，不一一赘述。文学史是所有现代学人研读的重要功课，丰富而驳杂的诗学观点、史学观点的吸取和汲纳，进而形成个体的文学史观。从《30年代"无产阶级文学"观的本质特征与思想源流》（《吉林大学社会科学学报》1993年4期）出发，到《对近年来中国现当代文学几种命名的反思》（《中国现代文学研究丛刊》2016年9期）为止，二十年或者更久，福贵老师对文学史的问题思考从未间断，而《文学史的命名与文学史观的反思》（2014年，北京大学出版社）与《民国文学史论》（2014年，花城出版社）的出版，大致为这样一系列的思考、一系列的论断画上一个阶段的休止符。

福贵老师提出了诸多个性鲜明、逻辑缜密的文学史观的论断，笔者认为其最著名的论断就是"民国文学"概念。21世纪之初，政治形势和文化现状风起云涌、波澜壮阔，"民国文学"的概念提出在学界可以说是惊世骇俗、石破天惊。2001年，张福贵在一次全国会议上提出了"民国文学"的概念。2003年，张福贵发表长文《从意义概念返回时间概念——关于中国现代文学史的

---

① 孙康宜，宇文所安. 剑桥中国文学史［M］. 刘倩，译. 北京：生活·读书·新知三联书店，2013：610.

② 夏志清. 中国现代小说史［M］. 刘绍铭，译. 香港：香港中文大学出版社，2001.

命名问题》①，正式提出"民国文学史"的概念，详细阐释了其内涵和外延、必要性和可能性、价值和意义、有效性和限度等核心问题，初步构建了"民国文学"的研究路径、方法、框架和体例等。同时，张福贵陆续发表了《革命史体系与现代文学史写作的逻辑缺失》②《从"现代文学"到"民国文学"——再谈中国现代文学的命名问题》③《两种文学史：中国现当代文学的本质差异》④等系列文章，对"民国文学"的研究区域、研究方向等进行多维度、多视角的丰富和完善。尤其在《文学史的命名与文学史观的反思》中，他从"时间概念"到"意义概念"，"民元作为民国文学史起点的意义与价值"，"民国文学与共和国文学的分期与差异"，"民国文学研究的方法与路径"，"民国文学研究的追问与反思"等五大方面细致丰富、全面系统地论述了"民国文学"的概念和意义，在学界产生巨大而绵长的震动。后来，其观点逐步引起丁帆、秦弓、李怡、陈国恩、李光荣、贾振勇、王学东、陈学祖、张桃洲、张堂锜、廖广莉等学者的关注和挖掘，他们从不同的角度、不同的维度，对"民国文学"进行讨论和阐释，推进和形成了"民国文学史"研讨和现实的公共空间、共同话题与大众话语。⑤时下，"民国文学"与"民国文学史"的影响

①张福贵. 从意义概念返回到时间概念：关于中国现代文学史的命名问题［J］. 文学世纪，2003（4）：14-16.

②张福贵. 革命史体系与现代文学史写作的逻辑缺失［J］. 吉林大学社会科学学报，2006（5）：94-98.

③张福贵. 从"现代文学"到"民国文学"：再谈中国现代文学的命名问题［J］. 文艺争鸣，2011（13）：65-70.

④张福贵. 两种文学史：中国现当代文学的本质差异［C］. 中国现代文学研究会第十届年会论文摘要汇编，2010：15-56.

⑤张福贵. 文学史的命名与文学史观的反思［M］. 北京：北京大学出版社，2014：105-106.

力和震荡力依然在继续传播和扩大，在学界成为持续而延展、复杂而又富有张力的学术话题之一。

～ 二 ～

　　"一切历史都是当代史。"福贵老师常常讲这句话，他在中国现代文学史的撰写范式上也提出了值得斟酌和反思的问题。张福贵认为，中国现代文学史从来就不是一种单纯的学术史，而是一种革命史、政治史和思想史。他提到三个问题：第一，文学史文本的真实性问题；第二，文学史观的个性化与连续性问题；第三，研究者的历史心理学问题。作者举例说，当年左翼文艺阵营与"自由人"和"第三种人"的论争的最后的结果，并不是像一般文学史教科书所说的，前者是胜利者。作者说，根据史实，在多个文艺座谈会上，左翼代表在争论的时候多处于被动状态，如1932年2月上海文化界人士为抗议日军进攻上海自发地组织集会，左翼代表的意见被否定。作者谈及文学史观的时候提出，我们要使用整体的文化观去观察史料，而不是单纯的政治观；我们要用"整体的文化标准"去判断文本而不是"单一的政治标准"，如重新评价徐志摩的《西窗》和《秋虫》，是不是考虑其人类性立场，而不是单一的资产阶级立场？这样，作者高屋建瓴、立意高远，就把编撰文学史的范式问题解释得清晰明白。

　　张福贵在分析文学史编撰受到制约的成因时，查找到四种原因，即体制的制约、观念的制约、知识的制约、方法的制约，可谓是逻辑清晰，精辟到位。作者说："中国有发达的文学史，却缺少发达的文学史学，历史观的单一成为一种普遍的共识。"而谈及方法的制约时，作者颇感无奈，他认为，"多年来文学史的体例不外乎以史带论或者是以论带史，大多以时间为线索，采用'时代背景—作家思想—作品价值'的基本模式，缺少个性化的形式创造，使诸多文学史文本给人千篇一律的感觉"。如今，我们回顾中国现代文学史或者中国当代文学史的编撰或者著述，的确存在着这种"通俗式""模板式"的方式，虽然诸多学者都意识到其弊端或者不足，但又苦于无法寻找到新的形式或者新的样式，创新容易被动，习惯不易被打破，编著者甚为尴尬。王德威的《哈佛新编中国现代文学史》（哈佛大学出版社，2017年4月）似有点突破，是一种积极的尝试，但对于其他编者来讲，调动海内外诸多学者、作家参与也并非容易之事。

张福贵谈到中国现代文学史编撰的时候，特意提到唐弢先生的文学史观，对于其"史实陈述的整体性与选择性"给予认可和肯定。书中提到，唐弢在谈到中国新诗的发展道路时以一种充满激情的诗意写道："我们有过郭沫若和冰心，有过闻一多和冯至，有过徐志摩和朱湘，以后又有戴望舒、卞之琳、艾青、田间、李季……还有许多我熟悉他们诗篇而没有记住他们姓名的诗人。笙歌院落，灯火楼台，正是这么一支弦管杂奏的队伍才使诗坛不致冷落：我们不能没有汪静之，不能没有李金发，甚至也不能没有路易士，因为生活在这里作了安排，这是历史的序曲。在队伍中我们可以彼此竞赛，彼此批评，却不能彼此排斥。"①笔者也觉得此段话既有文学的优雅之风，又具论说的辩证之意，实可击节称赞。

张福贵除却继续探索"民国文学史"的文化构建与理论源

---

① 唐弢. 我观新诗：《正统的与异端的》代序［M］// 蓝棣之. 正统的与异端的. 杭州：浙江文艺出版社，1988：9.

泉，还不断从宏观与微观去探索文学史编撰问题。在《民国文学史论》中，他提出现代文学史写作中的逻辑缺失问题，存在单一的阶级性与党派性和"人类观与人性论"如何协调统一问题；经典的文学史写作与文学史观如何反思？20世纪中国文学的反现代意识如何消弭？文学史研究的范式与研究者的历史心理如何调整？具体而微观之下，他又从《讲话》出发，以《潘先生在难中》《原野》为例去谈知识分子的问题。这都是文学史编撰过程中需要慎重思考、推演琢磨的文化命题。

　　笔者不想详细把张福贵的学术思考一一道来，如同嚼碎的馍，与人则索然无味，如有兴趣者，可自行从网上和网下寻来一观，相信必能大受裨益——不强求认同，而是必然仁者见仁智者见智，获得洞察学理的快感和探索史学的乐趣。怀疑和反思是张福贵的学术生涯重要的思想武器，而这两种武器也常常使他陷入误解和困惑之中，这像极了鲁迅。张福贵整体性、系统性地研读和思考了鲁迅的三种思维，即整体性思维"亦此亦彼"、不完满性思维"一切都是中间物"、实践性思维"要紧的是'行'而不是'言'"，然后，引用了鲁迅给许广平信中的话："我的习性不大好，每不肯相信表面上的事情"，常有"疑心"。[①]这种怀疑和反思的精神，也一直贯穿于张福贵的学术生涯，不断的演讲，不断的言说，交流与碰撞、批驳与辩说，这也是他学术思考、思想生成的一部分。如2019年4月10日，张福贵在北京大学做了《现代文学的学科性与学术生长点》的演讲，阐发了他的学术观点和学术精神，引起了师生的极大关注。

---

① 鲁迅. 两地书·十 [M] // 鲁迅. 鲁迅全集: 第11卷. 北京: 人民文学出版社, 1981: 39.

三

从文学史的思考，到文化史的思考，这是一脉相承、枝蔓延展的思想体系。文学史，从普通的文学史到普遍的文学史，进而提出自己的质疑和思考，提出"民国文学"的概念，引起国内外学界关注。文化史，这是中国哲学最深奥、最艰涩、最难懂的话题之一，学者有的绕而行之，有的避而不谈，可是张福贵却是深入其中，深得三昧。如中西文化如何交融？如何沟通？梁漱溟在《中国文化的命运》中谈到三种方法："一是倘然东方化与西方化果真不并立而又无可通，到今日要绝其根株，那么，我们须要自觉的如何彻底的改革，赶快应付上去，不要与东方化同归于尽；二是倘然东方化受西方化的压迫不足虑，东方化确要翻身的，那么，与今日之局面如何求其通，亦须有真实的解决积极的做去，不要作梦发呆卒致倾覆；三是倘然东方化与西方化果有调和融通之道，那也一定不是现在这种'参用西法'可以算数的，须要赶快有个清楚、明白的解决，好打开一条活路，决不能有疲缓的态度。"[①]也有主张调和的，如孙宝瑄认为："居今世而言学问，无所谓中学也，西学也，新学也，旧学也，今学也，古学也。皆偏于一者也。惟能贯古今，化新旧，浑然于中西，是之谓通学，通则无不通矣。"[②]清末民初时期，中西文化融合或交流处于混沌时期，抱有观望者有之，提出方法者有之，欲想解决者有之，如"貌袭西学，以旧化新""输入文明，顺应时势""保存国粹，国

---

① 梁漱溟. 中国文化的命运 [M]. 北京：中信出版社，2010：11.

② 孙宝瑄. 忘山庐日记 [M]. 上海：上海古籍出版社，1983：80.

有与立"等。梁先生的看法很清醒也很理性，觉得东西方文化交融的解决途径是有的，主要是看二者处于什么状态。当然，世事变迁，百年已过，梁先生的第三个方法是比较符合现行时代，东西文化的融合和沟通，的确需要有识之士的洞察与研判，福贵先生早在《"活着"的鲁迅：鲁迅文化选择的当代意义》一书中，就表达其观点。他说："当代人类的发展趋势，是各民族文化的共通性日益取代其各自的特殊性，或者说，人类文化的每一步发展都是以民族文化特殊性的丧失为历史代价的，虽说这种代价非常沉重并常常伴随着文化心理的失衡与困惑。"①显然，历史的观察和现实的检验是这样的，当今时代，我们可以看出东西方文化交融的路径和相互改变的复杂。张福贵借助鲁迅的犀利笔端，形成自己的理性判断。他认为，人类文化发展到现今时代，形成三种"文化时代"：一是"点的文化时代"，即孤立的同一性时代，也就是各自为战的文化独立而不融合的时代；二是"圈的文化时代"，即"多中心的地域文化时代"，如区域文化圈或共同价值观的文化圈；三是"球的文化时代"，即"全面性的同一性时代"，就是全球性的文化趋同性，文化的共同性、普遍性、世界性愈来愈制约、改变文化的民族性、特殊性。读者是不是聆听到前瞻性的理论观点，这是二十年前甚至是三十年前的理论判断。张福贵从长春文化产业发展及壮大出发，开始思考东北文化和东北人的文化品格，进而观察中国人的文化品格，从五四文化到中西文化的融合，从文化的区域性到文化的全球性，其认识和判断逐步形成。他认为，"长春文化产业的发展，必须瞄准现代性、世界性的标准，不能总以重复过去、认同单一的农业文化为自己的特

---

① 张福贵. "活着"的鲁迅：鲁迅文化选择的当代意义 [M]. 北京：社会科学文献出版社，2010：180-181.

色。在发展文化产业的过程中，应该有这样一种认识：人类意识打底，民族意识镶边，现代意识微调"。文化产业的发展只是其偶一为之，为政府做观察、为市场做预设，而其对五四文化与中国文化的思考才是其重要的目标点和着力点。

五四文化是知识分子考察近现代中国文化重要的观测点。张福贵作为近现代中国文化的资深研究者，对五四文化具有深厚浓重的情感。如果追踪溯源，从他与刘中树老师合作发表的《晚明文学与五四文学的时差与异质》(《中国社会科学》1996年6期)到《五四文化的思想源流与精神气质》(《文艺争鸣》2019年5期)，他始终关注着近现代史上的一个重要事件——五四到底发生了什么？五四文学到底是什么样的文学？五四文化到底是什么样的文化？在《为"文化五四"辩护：两个"五四"的不同境遇与价值差异》一文中，他提出中国现代史的起点处实际上有两个"五四"——1917年开始的"文化的五四"和1919年开始的"政治的五四"。他认为"政治的五四"的价值和意义得到一致的肯定和赞扬，而"文化的五四"则是跌宕起伏、议论丰富。令人耳目一新的是，作者找寻到国民党对文化五四的关注和审视。尤其是，文中提到，孙中山、廖仲恺等人在内都支持白话文运动，而且国民党人也多不赞成全盘否定古典文学，认为"桐城而非谬种"，"选学而非妖孽"。那种全盘否定的做法是"最新学术思想之专制"。①这种观点，现在看起来也比较客观、比较冷静，比全盘否定传统文化的观点可能更具辩证色彩和唯物主义。恰如此，作者提到，在回归传统和民族主义高涨的社会进程中，文化五四的价值被轻视和否定就是必然的宿命。显然，作者是要为"文化

---

① 张福贵. 为"文化五四"辩护：两个"五四"的不同境遇与价值差异 [J]. 吉林大学社会科学学报，2010（3）：87-94.

五四"辩护的，所以，他为五四激进的反传统寻找了原因。文中提到，首先，是来自传统对于人性重负的强力反弹。偏激来自深刻，也来自对历史的愤激。其次，激进只是五四时期文化构成的一端。五四时期的文化结构并不只有激进反传统的一边，还有激进保守传统的一端。保守传统同样可以激进偏执。最后，具有重要的方法论价值。①福贵老师为"文化五四"辩护的论文引起学界的关注。2019年，在五四新文化运动百年之际，张福贵认为，可以阶段性地盖棺定论，从终点反观起点，我们需要用自己的文化选择去再一次证明历史的逻辑，向五四新文化精神表达永远的敬意。②

❧ 四 ❧

近些年，高校文化、东北文化、地域文化、国家文化等都进入张福贵的关注视野。关注国家、关注社会，关注人本身，这是一个学者理想化的最高境界。我们常常谈及知识分子，但是现在好像并不是一个十分时髦的词，有时候，成为一种明褒实贬的名词。因为文化的普及性、知识的通识性、教育的全面性，所以，知识分子已经是普通的万千劳动者的一部分，不再按照词典的划分，似乎成为特殊的群体。那么，我们谈及学者或者知识分子时，我们在内心关注的是什么呢？"仅仅从事抽象符号生产或传播的人不一定是知识分子，拥有文化资本的人也不一定是知识分

---

① 张福贵. 为"文化五四"辩护：两个"五四"的不同境遇与价值差异 [J]. 吉林大学社会科学学报，2010（3）：87-94.

② 张福贵. 五四文化的思想源流与精神气质 [J]. 文艺争鸣，2019（5）：16-22.

子。真正的知识分子不再是职业性的，而是精神性的。按照路易斯科赛的说法，即使是大学的文科教授也不一定是知识分子，知识分子必须是'为了思想而不是靠了思想而生活的人'，这一思想通常往往是批判性的，对现实社会有一种清醒的警惕。"①笔者非常赞同这种定义的哲学意味的表达"为了思想而不是靠了思想而生活的人"，也就是说，时代的守更人、人性的捍卫者才是思想者的标签。言说方式、理论观察、时事追踪、生存状态，张福贵用自己的方式来影响着、提醒着时代，践行着自己的精神追求。

思考文化安全与国家发展，考量时代需要与人类命运，这是一个学者的国家民族意识，是一个学者的忧国忧民意识。吾国与吾民，皆在吾心中。在谈及东北文化和东北人性格的时候，张福贵认为"现代化的本质是人的现代化，国家、民族的落后在根本上表现为人的落后。不能把局限当作特色，更不能把落后当作优势"。一个区域的"特色"决不能成为落后的遮羞布，不能成为时代进步的阻碍。在这一点上，他非常清醒和理性。他在《东北老工业基地振兴与东北现代文化人格的缺失》②一文中，从"东北文化的源流构成与人文环境的历史传承""地理位置和自然环境对东北人性格和农业本位思维定势的影响""东北先民的传统习性与流民气质相融合，在原始的生产活动中所构成的热情豪爽和暴力崇尚"三个维度进行分析和阐释，力求能够为东北的振兴、东北文化的发展提供一些理论的思考和现实的途径。文化自信是我们耳熟能详的话语，也是当下民族自信的标志。很久以

---

① 许纪霖. 另一种启蒙·自序 [M]. 广州：花城出版社，1999：8.

② 张福贵. 东北老工业基地振兴与东北现代文化人格的缺失 [J]. 社会科学辑刊，2004（6）：68-72.

来，张福贵就关注着国家文化、民族文化的问题。他在《文化安全的悖论与软实力的正途》①中提到三个问题。第一，文化的"安全"与"不安全"：当下思想文化状态的表里。第二，文化的自信与创新：文化安全的核心力量。第三，文化安全的主动策略：文化软实力的本质理解。从理论到实践，从学理到知识，笔者觉得这是一篇非常具有适宜性、应用性和时代性的论文。文章并没有使用简单、直接的宣传口号，也没有借用深奥、孤僻的理论，而是使用通俗易懂、深入浅出的语言说明道理。文章说，"文化安全主要不是对于文化现状的保护，而是要在文化自信基础上完成文化创新和文化开放"，文化自信并不是保守和固执，而是"文化创新"和"文化开放"，这与当前的国家战略高度一致，并且具有指导性和理论性。文化自信，要提升自我、扩大开放才是发展的主流，前进的路径。

同时，关注人类性，关注人类共同的命运，也是张福贵一直思考的命题。这个命题牢牢地契合了民族的未来、国家的未来、人类的未来。何谓人类命运共同体？习近平总书记已经在党的十九大报告中指出："构建人类命运共同体，建设持久和平、普遍安全、共同繁荣、开放包容、清洁美丽的世界。"习近平总书记接着用五个"要"系统阐述了怎样构建人类命运共同体：要相互尊重、平等协商，坚决摒弃冷战思维和强权政治；要坚持以对话解决争端、以协商化解分歧；要同舟共济，促进贸易和投资自由化便利化；要尊重世界文明多样性；要保护好人类赖以生存的地球家园。其中"尊重世界文明多样性"是其重要判断。②福贵老

---

① 张福贵. "文化安全"的悖论与"软实力"的正途 [J]. 学术月刊，2012（2）：13–18.

② 习近平. 论坚持推动构建人类命运共同体 [M]. 北京：中央文献出版社，2018.

师的《全球化时代与现代公民意识的确立》①是较早阐释全球一体化或者"人类命运共同体"的论说。他提出理性的规范意识、普遍的人类意识、社会的宽容意识与现代的竞争意识。尤其是"普遍的人类意识"：一是人类意识的第一要素是社会的公益意识；二是人类意识的另一要素是超民族和国家的世界意识。他说："在'人类文化'观之下，文化的时间性（传统与现代）和文化的空间性（阶级、民族与地域），都具有了新的意义。而就是在这一认识的前提下，东西方文化才具有了互补性、可融性的基础，才能尽快而充分地融汇成新的文化。"这种前瞻性、时代性的判断与习近平总书记提出的"人类命运共同体"的理论有异曲同工之妙。

后来，他进一步学习了习近平总书记的多次讲话，形成了《"人类命运共同体"意识与新全球化思想》论文。在这篇论文的论述与阐释中，张福贵认为："'人类命运共同体'意识已经从国际关系为出发点的基本构想，成为了一种新的世界发展的整体性理念和文明观，为解决全球矛盾和国际冲突提供了基本思路，具有高远的前瞻性和超越性。"习近平总书记提出的"人类命运共同体"思想具有前瞻性、全球性，而且是"新全球化"思想。"新全球化"思想与此前的全球化概念和实践有所不同，是一种多元一体的共生性和包容性的全球化概念。此前的全球化可以看作单一性和一律化的全球化，以源自某一文化体系的价值观为圭臬，取消差异性进而碾压式推进的全球化。从这一意义来说，"新全球化"思想既是对以往全球化的"现代性的一元逻辑"的反思，又是对国际事务的"单边主义"的调整，成为对多年来

① 张福贵. 全球化时代与现代公民意识的确立［J］. 粤海风，2004（4）：27-29.

全球化理论和实践的总结。无论是从思想内容，还是从思维方式来看，这一理念都是一种全面和完整的人类社会发展观。从人类面对的共同问题出发，从人类的共同文明基础思考，"文化的发展和文明的进步，最终是要实现个人与群体、民族与人类、国家与世界的共存共荣，而不是以损害其中任何一方为前提"。"新全球化"思想的基本逻辑构成是世界文明既不是一元一体，也不是多元多体，而是多元一体。就像物理学的平行四边形法则一样，是各方力量经过长时间的博弈而形成的一种合力的结果。"在开放中分享机会，合力实现互利共赢。"笔者觉得这是张福贵完整地、全面地、准确地理解了习近平"人类命运共同体"的思想的论文，是一篇具有高度概括性质、逻辑缜密完整的论文。

总之，张福贵的学术研究具有完整的、系统的、整体的逻辑图谱，从鲁迅学的研究出发，从文学史观的建设开始，落脚于文化学的思考，形成于思想史的完成，看似散而实整，正如其自己所说，"点、圈、球，扩展扩展，一点到一面，一面到一圈，一圈到整体，立体而丰富"。笔者想起达尔文的《物种起源》，在讨论"自然选择：最适者生存"的时候，什么是最适者呢？他说："当植物一到能够高度吸引昆虫的时候，花粉便会由昆虫按时从这朵花传到那朵花，于是另一个过程开始了。"[①]如果可以比喻一下，张福贵的学术思想像繁茂芜杂的丛草中的沙棘，耐寒耐热，绚烂夺目，充满尖刺，木质的刺直指苍穹，肥美的果却滋养苍生。沙棘的"花粉"被"昆虫按时从这朵花传到那朵花"，这样，"另一个过程开始了"。

---

① 达尔文. 物种起源 [M]. 周建人，叶笃庄，方宗熙，译. 北京：商务印书馆，2011：109.

鲁迅的现代意味与时代意义

——读《"活着"的鲁迅：鲁迅文化选择的当代意义》

如何评价鲁迅的文化选择，这是中国精神文化界一个持久的热点话题。肯定性的评价、否定性的意见都经常性见诸报端，让人大为讶异的是争论本身有时候已经超出学术论争，时常在社会上引起关注。鲁迅的文化选择的确超出了学术界，是具有社会意义和现实意义的话题。

鲁迅的文化思想问题一直是众多研究者极为关注的课题。如鲁迅与五四新文化运动的关系、鲁迅与当代中国的关系、鲁迅与当代中国人的关系等都是值得研究的话题。当时，张福贵先生完成了《惯性的终结：鲁迅的文化选择的历史价值》，作为刘中树先生主编的"东北学人现代文学研究丛书"之一，由吉林大学出版社于1999年11月隆重出版，引起了学界的思考和震动。这次，张福贵先生在原著基础上做了大量增添和修改，既集中论述了原来的主题，又对原来的主题进行了延续，从谈鲁迅文化选择的历史价值的存在到辨析鲁迅文化选择的当代意义，以《"活着"的鲁迅：鲁迅文化选择的当代意义》为名，由社会科学文献出版社出版，这部著作引发新的思考和带来新的启示。张福贵的《"活着"的鲁迅：鲁迅文化选择的当代意义》高屋建瓴、张弛有度地阐释了鲁迅文化选择的当代意义，在保守主义盛行的今天，为鲁迅当代存在的意义、鲁迅思想的文化价值做了深刻而又富于思辨的剖析和通俗而又鞭辟入里的解读。因为"鲁迅以其文化选择为中国文化现代化转型确立了一个完整的价值取向。在20世纪初，他以超前的思想革命主张预告了五四新文化运动的到来；五四落潮之后，他又以丰富而辩证的思想实践，全面深刻地显现了中国文化现代化转化艰难过程"。①笔者深以为然，鲁迅的文化选择是近现代文化史的重要抉择，鲁迅深入浅出、既破又立的文化思想为20世纪中国文化的转型提供了一种现代性的尺度，鲁迅的文化选择既有历史性意义也有当代性意义。

当下，鲁迅的意义和价值被进一步辨析、讨论和阐释。张梦阳先生说，"时光过去了十年，对于鲁迅的贬损俨然成为了常态。应该说，鲁迅的价值与意义更进一步被怀疑和否定"。②张福贵著作的出现恰如其分，条分缕析了鲁迅的境遇，辨析了鲁迅的文化观点，阐释了鲁迅的当代性意义和经典性价值。"当代意义是人类一切活动最直接的目的。任何历史评价不仅都是从当代人的价值观出发，而且都是以当代人的生存和发展为目的的。任何有生命力的文化或者思想都必须于现在有益或有效。"③为了重建和重写这部著作，重新评估鲁迅的当代意义。他剖析了鲁迅不仅属于过去，更属于现在和未来。因为，把"当年鲁迅的文化批判和社会批评的基本思想移入今天中国文化与社会状态之中，就会发现

---

① 张福贵．"活着"的鲁迅：鲁迅文化选择的当代意义［M］．北京：社会科学文献出版社，2010：249．

② 同①：1．

③ 同①：3．

二者之间有着惊人的对应关系，批判者和批判对象似乎共存于同一时空"。这的确让我们悲哀，时过境迁，鲁迅的批判仍然具有现实意义和存在价值，鲁迅的"铁屋子""一切都是中间物""吃螃蟹""黑色染缸""看客""拿来主义""反抗绝望""无物之阵""幼者本位""精神胜利法""瞒和骗""面子问题""儒术与儒效"等命题，无一不敲击着我们的心，是鲁迅能预见未来？还是社会迟滞不前？张著用铁一样的事实警醒着社会，用针一样的锐利刺激着我们。阅读鲁迅，反思当下，是必要的且重要的。

张福贵拓展了自己的研究视野，建构了自己的理论框架，提出了自己的独创性的观点和观念。张福贵提出了一系列理论观点，高屋建瓴地建构了自己理论框架。他高瞻远瞩地提出中国文化的三次转型：中国文化的第一次转型发生在春秋战国到秦汉时期。春秋时代，礼崩乐坏，固有的大一统的西周文化受到地方文化的强烈挑战，所谓贵族化的"天朝文化"逐渐丧失了其正统性，而被世俗化的"豪强文化"取代。中国文化的第二次转型发生在南北朝及隋唐时期，这是中国文化第一次真正意义的转型。这次文化转型一是"历史上被称作胡狄的北方少数民族文化对大一统的汉文化的冲击"，二是佛教文化对中国文化的冲击。19世纪，第三次转型是真正的冲击和最严峻的考验。"在第三次转型中，汉文化乃至中华文明的处境则与以往截然不同。西方文化作为一种高值文化所具有的冲击力，远远在汉文化的原有同化力之上。因此，欧风美雨、'西学东渐'，外来文化与传统文化的矛盾才成为20世纪前后中国文明史上的重大课题。"①鲁迅的文化选择就是在这一历史情境中形成的。张福贵认为"鲁迅的文化危机感

① 张福贵."活着"的鲁迅：鲁迅文化选择的当代意义［M］. 北京：社会科学文献出版社，2010：7.

来自对中国文化的非现代化特征，即滞后与世界文化发展的焦虑"，而缺少这种危机感则是中国人文化自崇心理的原因。在这种情境下，他提出了"两个世界"的理论，认为"对于近代的传统中国人来说，一般存在着两个世界。一个是现实的世界：在列强的强权政治入侵和经济多治下，'天朝'大国地位丧失，中国处于刀俎之下任人宰割。这个世界的存在，使一般中国人忧愤不平而又忧伤不已。另一个是意义世界：面对西方文化的冲击，中国固有的文化体系受到挑战。但辉煌的历史构成对传统文化自崇心理最有力的支持，从而坚信中国的精神文明'世界第一'，坚信在现实世界之外有一个永恒的意义世界"。张福贵建构的"两个世界"理论，为下文的论述铺平了道路，使近代文化群体或者个人的文化选择处于两难的环境下，而鲁迅的文化选择为近代中国的文化方向提供了强大的理论力量和实践图景。

同时，张福贵又提出了第三次转型的阶段性理论。作者认为，"中国文化经历了三次转型，而近代开始的以'西学东渐'为中心的第三次转型又经历了三个阶段，即物质变革、制度变革、观念变革阶段"①。这三个阶段，分别是物质文化的变革、规范文化的变革、观念文化的变革。分别是以"洋务运动"为主要过程；以"变法维新"和"辛亥革命"为主要过程；以五四新文化运动为主要过程。张福贵认为鲁迅的早期的文化选择主要发生在这第三次转型中第二阶段尚未结束、第三阶段尚未开始之际。"鲁迅早期文化选择具有时代的超前性。……鲁迅生活于一个'被压缩'的思想时代，他吸收了20世纪西方最先进也是最激烈的思想——现代人本主义哲学，首先使自己完成一种思想和人

① 张福贵. "活着"的鲁迅：鲁迅文化选择的当代意义［M］. 北京：社会科学文献出版社，2010：14.

格的认同，然后进一步为自己的思想赋形，确立为中国文化与社会文化转型的超前性标准，并以此来批判中国近代一般求新之士亦即适时批判者。"①张福贵认为，鲁迅接受了多元的现代主义哲学思想，生存在前近代的"老大帝国"里，使用了西方现代文化中最前沿的思想武器，在批判"老大帝国"的同时，更批判那些批判"老大帝国"者。鲁迅已经比其他近代启蒙思想家、维新人士等先行一步，远瞻未来。

张福贵这些独创性的观点深得张梦阳先生的赞许和肯定，他说，"张著开卷就占据了理论制高点，从大历史观的广阔视角鸟瞰了中国文化的三次转型；……'两个世界'的命题，是张著的一个创造"。②从"中国文化的三次转型"到"两个世界"的命题，张福贵可谓执问题之牛耳，对鲁迅的文化选择的背景和中国人从"现实世界"的虚空导向"意义世界"的颠覆的分析切中肯綮、力透纸背。

张福贵对鲁迅文化哲学观点有着深入的思考和精辟的剖析。如认为"任个人而排众数"是从思想启蒙到现代意识并轨，向前发展，建构现代人个性至上的思想意识，表现为超前的、外向的文化价值取向；认为"掊物质而张灵明"是从道德救赎向人间原点回归，向后发展，追索失落的"纯白""平和"的道德人格，表现为复归自然的文化价值取向——"任个人而排众数""掊物质而张灵明"这两个基本命题构成了鲁迅文化选择的主要内容。我们从三个论题看待作者的论述：其一，张福贵认为，鲁迅对"众治"思想的理解和认识，已经体现了鲁迅文化选择的超前性。

---

① 张福贵. "活着"的鲁迅：鲁迅文化选择的当代意义 [M]. 北京：社会科学文献出版社，2010：15.

② 同①：3.

"鲁迅对'众治'的超前性批判便具有变群体本位为个体本位的反传统的生命价值与自由意志，具有与近代一般思想家和革命家不同的现代素质。……鲁迅认为从专制到'众治'，是以个人独裁和群体本位贯之，没能实现'张个性'的思想要求，他通过对'众治'的群体本位意识的否定，表现出来的对个体本位的张扬，在中国思想史上具有重要的价值，并使他成为真正意义上的五四新文化运动'观念变革'阶段的先行者。"①在这一点上，鲁迅与梁启超、孙中山、章太炎的"众治"思想都不尽相同，而且对他们的思想都进行了批判和思考。这些思想的表述在鲁迅的《坟·文化偏至论》《坟·摩罗诗力说》《集外集拾遗补编·破恶声论》《集外集拾遗补编·小杂感》等篇目中有所体现。其二，张福贵认为，"纯白""平和"的道德人格的渴望，贯穿鲁迅文化选择过程的始终，"崇高的原点自然成为鲁迅畅想的道德境界和人格重塑的价值取向"②。当鲁迅把道德人格的理想境界确定在初民社会本身，便表现出一种对人类异化的批判。在人性的道德上，鲁迅始终是"复古"的——复归于人间的原点。如《一件小事》《故乡》《祝福》中的祥林嫂、"我"、闰土等，既是鲁迅批判其"不争"的对象，又是"哀其不幸"的对象，但其"纯白""平和"是鲁迅期冀和所希望的原初人性的体现。其三，张福贵认为，强调"立人"，使鲁迅的文化选择具有一种很明显的精神变革为先的传统——"尚德"的价值模式。鲁迅对"尚德"的价值判断，从对传统文化的破坏到对现代文化的建设，鲁迅已经是一个全新的思想家。总之，张福贵这些观点使我们对鲁迅哲学思想

---

① 张福贵."活着"的鲁迅：鲁迅文化选择的当代意义［M］. 北京：社会科学文献出版社，2010：26.

② 同①：42.

有了新的认识、新的理解、新的判断。

张福贵更多立论将鲁迅放置于"大历史"视阈之内，更多地将鲁迅的文化选择与当代社会准确地嫁接，将鲁迅的文化意义与人的存在置于同样境遇，让我们切身感受到鲁迅文化选择的当代意义与存在价值。张福贵先从社会中个体的人出发，认为近代思想家的"立人"主张主要是建立在理性主义基础上的，而鲁迅的"立人"却主要是基于生命主义立场的。他认为，"生命意识可以分为两种不同的趋向：一种是自由意志，另一种是自由境界。前者是刚性的，主体以一种巨大的意志力量征服客体，在对客体的征服过程中，体验自我生命的价值和意义；后者是柔性的，主体以一种超脱宁静的心态面向客体，在这种超脱与宁静中，获得自我生命的意义和价值"。①鲁迅认同拜伦、雪莱、康拉德，接受尼采、斯蒂纳、叔本华、易卜生的刚性自由意志，却有意忽略叔本华和克尔凯郭尔的柔性特征。在今天现实中，"真正的现代社会绝不是以整体目的去整合、统一个人自由的，现代社会体制之所以能够运行，就是因为在这个体制之下存在一个无形的人的自由意志的发动机。没有生命绝对自由信念的社会，绝对不可能是真正的现代社会"。②这种强大的现实意义和振聋发聩的提醒是否引起我们的反思呢？接下去，张福贵论述了《铸剑》《理水》《非攻》到《狂人日记》《长明灯》，从复仇文化到文化建设去建构人的生命强力，认为《狂人日记》《长明灯》和《社戏》《故乡》都共同体现出未经社会理性所污染、熏陶的自然的人，优于为社会理性所塑造、改造的人。张福贵在此写了一段话，高度肯定了狂

---

①张福贵."活着"的鲁迅：鲁迅文化选择的当代意义［M］.北京：社会科学文献出版社，2010：123.

②同①：126.

人和疯子的生命强力，也赞誉了《社戏》《故乡》自然的生命境界——

> 《狂人日记》《长明灯》中的狂和疯，作为一种人的冲动，是人的生命意志的强力的爆发，具有猛烈的挑战性、攻击性。狂人、疯子都坚定不移地朝着自己的目标挺进，任何外在的人或物都无法改变他们的决心和信念。他们没有犹豫，没有畏惧，孤独而勇敢，给人一种横空出世、狂傲不羁、一任自我生命冲动的巨大的力量感，散发着一种沉郁悲壮的阳刚之气。这种自然所隐喻的自由，是人的自由意志，它体现了鲁迅那种直面人生的英勇气概和永不停歇的战斗精神。而《社戏》《故乡》中的自然，是一种生命的融洽，具有和谐、完美的情致，给人一种纯净、清新、活泼而又质朴的亲切感，洋溢着一种诗情画意般的阴柔之美。这种自然所隐喻的自由境界，是一种生命的自由境界。自由意志是一种主体精神的扩张，是向外的，是从外部扫除人性自由发展的障碍；自由境界是一种主体精神的融洽和谐，是向内的，是从内部扫除人性发展的障碍。自由意志是主体精神力量的弘扬，自由境界是主体心灵的净化。这两者相互补充，完整地体现了鲁迅的"致人性于全"的人生理想。①

接下来，张福贵论说了鲁迅的思维形式，并且按照鲁迅的缜密的思维逻辑诊断现实社会种种脉象，提出鲁迅极具现实意义和反思价值的论断。他认为鲁迅的思维形式是以自然辩证法与社会

---

① 张福贵. "活着"的鲁迅：鲁迅文化选择的当代意义［M］. 北京：社会科学文献出版社，2010：154.

历史辩证法为前提的辩证思维的逻辑系统，鲁迅具有"亦此亦彼"的整体性思维、"一切都是中间物"的不完满思维，以及"要紧的是'行'，而不是'言'"的实践性思维。在此，张福贵以其丰富的学术素养、缜密的逻辑判断、坦诚的尽责精神提出鲁迅文化选择的三个观点。

鲁迅文化选择的现代化尺度之一，鲁迅提出"中国人"和"世界人"的命题。张福贵认为，"中国人"和"世界人"是文化特殊性与统一性命题在文化人格上的具体显现，它表明了鲁迅文化选择中关于民族人格重构的价值取向。作为"世界人"，就是要承认人类文化的同一性，与当代人类协同生长，不隔绝，不守旧，积极参与世界的事业。而"中国人"这一概念不是多数或少数的实际数字统计，不是生物性族群概念，而是一种中国群体意识状态，一种非现代化的文化人格。前者是开放性的，后者是封闭性的；前者是人和兽性的文化人格，是强力的，后者是人和家畜的文化人格，是卑怯的，"中国人"需要具有"世界人"的文化人格。张福贵用鲁迅自己的话说：

在黄金世界还未到来之前，人们恐怕总不免同时含有这两种性质，只看发现时候的情形怎样，就显出勇敢和卑怯的大区别来。可惜中国人但对于羊显凶兽相，而对于凶兽则显羊相，所以即使显着凶兽相，也还是卑怯的国民。这样下去，一定要完结的。

我想，要中国得救，也不必添什么东西进去，只要青年们将这两种性质的古传用法，反过来一用就够了：对手如凶兽时就如凶兽，对手如羊时就如羊！

那么，无论什么魔兽，就都只能回到他自己的地域里去。[①]

"中国人"向"世界人"靠近，把"世界人"作为"中国人"重塑的价值尺度和理想境界，看似不是很难的事情，具体实施和实现起来，却也不容易。"中国人"成为具有文化观念、思想道德的当代性与共同性的文化人格的"世界人"，仍然有一段距离。张福贵这种提法与观点引人深思、令人警醒，极具时代意义和当下意义。

鲁迅文化选择的现代化尺度之二，鲁迅的"彻底反传统"理论。张福贵认为，中国文化常常讲究"批判地继承"，鲁迅常常被认为是激进派，事实是，"如果充分考虑到中国文化转型中传统力量的强大阻力，从转型的起点便使用'彻底反传统'这一激烈的方法，那么经过犀力冲突的摩擦力之后，到达'合力'的终点时，便可能恰好达到'批判地继承'的理想境界"。[②]在这里，用鲁迅自己的话说，"中国人的性情是总喜欢调和，折中的。譬如你说，这屋子太暗，须在这里开一个窗，大家一定不允许的。但如果你主张拆掉屋顶，他们就会来调和，愿意开窗了。没有更激烈的主张，他们总连平和的改革也不肯行。那时白话文之得以通行，就因为有废掉中国字而用罗马字母的议论的缘故"。[③]张福贵在其论著中，既举例证，又讲事实，使其论证显得透辟深刻，言之在理。张梦阳在评论中说："如此进行驳论，既有力反驳了贬损鲁迅的观点，又把'彻底反传统'和'全盘西化'严格地区

① 鲁迅. 华盖集·忽然想到：七 [M] // 鲁迅. 鲁迅全集：第3卷. 北京：人民文学出版社，1981：60-61.

② 同①：196.

③ 鲁迅. 三闲集·无声的中国 [M] // 鲁迅. 鲁迅全集：第4卷. 北京：人民文学出版社，1981：13-14.

分开来，的确比就事论事的枝节性反驳具有更大的说服力，显示出整合性思维方法的效应。就这一问题来看，张著这一节是我迄今为止所见到的最为圆满的论析。"[①]

鲁迅文化选择的现代化尺度之三，鲁迅关于人类文化同一性命题，同时，批判了片面强调文化特殊性的"国粹"论或"国情特殊"论。张福贵认为，如今，"特殊国情"论为固有文化的一切落后、丑恶和反动都提供了有力的辩护。这种政治上和文化上的倒行逆施，并不是真正地从中国国情出发，而是有着各自的目的和利益需要的。"特殊国情"论的倡导者拒绝接受外来文化，而且外来文化中包含被他们已经承认的先进文化。张福贵用鲁迅的话说，"有人说，我们中国有一种'特别国情'——中国人是否真是这样'特别'，我是不知道，不过我听得有人说，中国人是这样——倘使这是真的，那么，据我看来，这所以特别的原因，大概有两样"。接着笔锋一转，继续用鲁迅说过的话证实，一是"中国人没记性"，二是"个人老调子还没唱完，国家却已经灭亡好几次了"。[②]他举例说，中国当代影视剧常常讲述打擂比武中一个洋鬼子趴在中国武林高手的脚下，如何大长中国人志气的幼稚故事，强烈的民族自信心似乎已经被极度的民族虚荣心取代。鲁迅的人类文化同一性命题，对于当下"中国特色"理论的积极性理解也具有重要启示意义。张福贵认为人类文化的发展经历三种文化时代：一是点的文化时代，即是孤立的同一性时代，各个原始部落在相互隔绝的情况下，创造出了共同的文化成果。

----

① 鲁迅. 三闲集·无声的中国［M］// 鲁迅. 鲁迅全集：第4卷. 北京：人民文学出版社，1981：5.

② 鲁迅. 集外集拾遗·老调子已经唱完［M］// 鲁迅. 鲁迅全集：第7卷. 北京：人民文学出版社，1981：308.

二是圈的文化时代，即多中心的地域文化时代，也就是扩大的同一性时代。如儒家文化圈、佛教文化圈等。三是球的文化时代，即全面的同一性时代。人类文化在全方位立体式的交流之中，以某一高值的文化圈为基本框架，形成全球范围的共同发展趋势。张福贵认为，在这种文化框架下，一是"中国特色"不能误读为"特殊国情"，进而保守和退缩；二是对于"中国特色"的理解，必须在承认人类文化的同一性的前提下进行。在当下现代化转型过程中，加大反传统的力度，是加速和加深社会、文化转型的最佳方式。他提出，鲁迅留给我们的启示是："人类意识打底，民族特色镶边，时代作尺度"。①显而易见的是，在这里，张福贵已经把鲁迅的文化选择与现实社会的发展密切地融为一体，把鲁迅的文化思想与当代人的思想沟通连接，使我们意识到重新阅读鲁迅、思考鲁迅的必要性和重要性。

　　张福贵《 "活着" 的鲁迅：鲁迅文化选择的当代意义》对鲁迅的文化选择这一问题做了历史的钩沉和现实的反思，既是延续鲁迅研究界一贯的学术思考，也是鲁迅研究者坚守的学术使命，张著纲举目张、沉潜思索，对鲁迅文化选择的历史价值和当代意义做出了自己的判断。当然，也正如鲁迅研究专家孙玉石教授在《惯性的终结：鲁迅文化选择的历史价值》序言中指出的："福贵具有很强的思辨能力，这一方面为该书的写作提供了一种思想动力，将对象纳入自己的思想框架之中，得出完整、系统的结论。另一方面，由于过于追求结论的体系化，思想之刃有时便把一种生动的现象或一种直观的思想，按照自己的逻辑来分解。所以，对于某些问题的提出和分析往往思想大于实在。比如，对文化建

---

　　① 鲁迅. 集外集拾遗·老调子已经唱完 [M] // 鲁迅. 鲁迅全集：第7卷. 北京：人民文学出版社，1981：190.

设的目的论和方法论问题的论述，便有此类偏向。读过之后，总感到观点还缺少丰富的事实的支持，好像是一种思想在作者意识中单独运行的结果。因为，有时候对对象细密分析并不比直觉或形象的把握更准确。"①这段话被张梦阳先生引用，笔者觉得孙先生的话切实而且中肯，非常值得借鉴和思考，深表赞同，借以表达对张福贵论著的一点反思。笔者相信，不管如何，《"活着"的鲁迅：鲁迅文化选择的当代意义》一书已经使我们对鲁迅文化选择这一课题进行深刻的思考，张福贵未来论著必将更具严谨的辩证与丰富的思想、宏大的张力与学术的活力。

---

① 张福贵. "活着"的鲁迅：鲁迅文化选择的当代意义［M］. 北京：社会科学文献出版社，2010：5.

期盼东北重新振兴

——资深媒体人丘眉对刘广远教授的采访

丘眉：您跑了全国的多少个县城？您认为目前区域文化仍然较为凸显的是哪个区域？最叫您遗憾的是哪个区域？

刘广远：我是东北人，家在辽宁省。省内的许多区县都到过，辽宁省的建昌、喀左、凌源、建平、凌海、义县、黑山、北镇、鲅鱼圈、庄河、旅顺、东港、宽甸、桓仁、盘山……，这也是区域交通便利的原因。除了辽宁省，内蒙古的扎鲁特旗、满洲里，吉林的榆树，西藏的林芝，浙江的义乌，山东的高密，河南的新乡，宁夏的中卫……大约跑过中国几十个县城，有的很深入细致，有的是走马观花，样本的数量不是很多。

区域文化最为凸显的是少数民族地区和偏远地区，蒙古族的"那达慕"，待人接物的礼节，藏区藏族的服饰、衣帽等。能够记忆深刻的是一些细节：比如蒙古族的下马酒、送哈达，然而如果是旅游的时候，就是显得敷衍一些；比如西藏地区，牛、羊、猪等家畜都自由自在地在路上穿行，人与自然和谐的一幕常常出现，不过，受市场经济影响，藏区小孩子为了合影，都来收费，也让人尴尬；山东省高密市是莫言的老家，为了复活《红高粱》，也又种上了数千亩的高粱；浙江的义乌，小镇水边还有农村妇女在洗衣服，用棒槌"砸"衣服……总之，江南塞北，内陆沿海，风俗、文化依然各有各的不同。

故乡是他乡，他乡是故乡。走过的路，爬过的山，趟过的河，路过的桥，很多很多，可是难忘的、遗憾的还是东北。

东北地区，拥有着最大的黑土地、最广袤的森林、淳朴厚重的民风、悠久原始的民俗，却陷于吃老本、守旧成的局面。"日出而作日入而息""父母在不远游"等古训，依然市场浓厚。王国维在《屈子文学之精神》里论述过先秦南北思想文化的差异，他说："我国春秋以前，道德政治上之思想，可分之为二派：……前者大成于孔子、墨子，而后者大成于老子。故前者北方派，后者南方派也。"对于现今的文化考量依旧是有意义的，北方的文化思想依然重乎"仁义礼智信"等儒家思想，但有时墨守成规，就显得与时代有距离。再比如，南北朝文风的差异，《隋书·文学传序》里说："江左宫商发越，贵于清绮；河朔词义贞刚，重乎气质。"北方的元杂剧到近代的"二人转"，其文学风格都具有浓重的北方气质。"东北作家群"到现在的东北文学，从萧军、萧红到迟子建、马原等，其文学气质也蕴含着内在的血脉相通。《山海经》中记载，"东北海之外，大荒之中"，"有山，名曰不咸，有肃慎氏之国"，荒寒之地、广袤之地，但又蕴藏着多样的文化遗址、丰富的民俗风情……但是，缺乏开发，缺乏挖掘，这是令人遗憾的。

丘眉：您将怎样推动您的故乡的区域文化的传承与更新？又将怎样推动更为广泛的区域文化的传承与更新？

刘广远：作为一个身处东北地区的大学教师，除了自身的学术研究，也思考着为什么东北不能走过全世界？为什么曾经辉煌的东北会如此迅速的没落？为什么东北爬坡会如此艰难？

这不是一个一蹴而就的问题，这是一个重要的命题。虽然不能从全局性角度提供经济发展钥匙或者结构性解决之道，但是能够从文化角度去思考，也是一种回答，也是一种力量。

很幸运，与《返乡画像》诸位结缘。通过《返乡画像》或者其他渠道，寻找或者挖掘区域文化，借文化力量一点一点掘进，进而可以形成对其他方面的促动，不仅仅是经济。个人的力量是渺小的，然而星星之火可以燎原，一个人的力量虽小，但是做一点就能起到一点作用。所以，发动学生、发动周边，大家一起利用自己的眼、开动自己的腿，去寻找或者挖掘风景、物象、文化、人物等，看得到、写出来，将东北的文化或者被遮蔽的文化展示给世界。

举一个例子，目前，我跟高翔老师在做一个"九一八国难文学文献集成与研究"的国家课题。"九一八"发生在沈阳，可是这一文学事件、文化事件，有多少媒体报道？有多少情形发生？张学良如何做的？东北大学得到多少关注？日本人是否反对进犯中国？民间如何反击日本？

多少人能知道九一八详细的史实？其后到底发生了什么？这种潜隐的课题或者事件，是不是也需要挖掘呢？虽然只是一个点，但也是东北历史文化的一个重要节点，研究它和思考它都是有意义的。

曾经，我们一起碰撞策划，讲，东北从你的全世界路过——这是多好的选题。

是啊，东北从你的全世界路过，大家都记得过去的东北，日本人控制下的东北，张学良控制下的东北，萧军、萧红生长的东北，现在的东北呢？

经济落后，急需振兴；文化不兴，需要波澜。

怎么办？一点一点思考，一点一点梳理。

个人的力量虽不足以推动整个世界，但不积跬步无以至千里，不积小流无以成江海，一个人的力量也是力量。

如果每个人都不做，纸上谈兵又能如何呢？

坐而论道，不如退而结网。

我想起柏拉图的《理想国》（柏拉图. 理想国［M］. 张子菁，译. 北京：西苑出版社，2003：14-15），书里记载，苏格拉底与阿德曼托斯讨论"理想国与理想政治"的时候说，"我们群居在一起，帮来帮去大家都能从别人身上满足各自的欲求。……凡事都不能等有时间了再去做，而是应该自觉地、全心全意地去做，还要力争把它做好。……一个人只管干好一项适合自己的工作还不够，还应该在恰当的时候去做一些别的事——不管其他什么事。"大致就是这个意思，每个人都要去"做一些别的事"，对社会、对国家有意义的事情。

走出去，观四方；回书斋，写文章。促周边，写家乡；各媒体，尽力量。

大致就是这个意思，尽微薄之力，燃星星之火，推动区域文化的传承和创新。

丘眉：您会以怎样的标准来甄选您所指导的《返乡画像》的编写学生？您希望他们从怎样的细点切入？

刘广远：《返乡画像》的学生原先选取的都是我所教过的学生，范围过于窄化，下一步，大概要联合相关部门，进行拓展。

我希望他们能够从一种情绪、一种民俗、一处遗址、一种声音、一类人物、一类事件等入手，观察到迥然不同的民俗或者不同于他乡的细节，迥然不同的风貌或者有别于他乡的风景，能够完成黑格尔讲的"这一个"是最好的。

当然，普遍的风俗、类似的风情、相似的人物，也不是不可以写，这就需要作者深入的观察，独特的角度，深切的体悟——说起来很容易，操作起来不简单。

需要学生一点一点地琢磨、思考，需要老师一点一点地指导、点拨。

有时候，写作者也需要有一点天赋。

丘眉：您怎么理解当下的"乡愁"？

刘广远：乡愁，一提这个词语，大家大概能够想起余光中的《乡愁》。如果可以套用，文学的乡愁，就是余光中的《乡愁》，离乡之苦，思乡之痛；文化的乡愁，如梁漱溟先生的乡村改良主义，《乡村建设理论》对乡村的思考，希望通过恢复"法制礼俗"来巩固社会秩序。

离乡的人，才有乡愁。

故乡的人，算是思考。

什么是乡愁呢？

对故乡的情感，五味杂陈，苦辣酸甜咸，这就是故乡的味道。

故乡是一个村，故乡也是一个人；故乡是一间屋，故乡也是一座城；故乡是一张船，故乡也是一条河。

乡愁就是你对它的爱恋有多深，你对它的憎恨就有多深；你对它的幸福有多少思考，你对它的前途就有多少忧虑。

爱他，就把他送回故乡吧；恨他，就把他送回故乡吧。

丘眉：您怎么看待中国青年知识分子群体的现状？青年知识分子返乡，深入报告"乡愁"，您认为对于区域文化以及乡村振兴将会产生怎样的推动力？

刘广远：中国青年知识分子群体是一个有希望、有思考、有想象力、有创造力的群体。"90后""00后"这一批青年人是无所畏惧的一代，也是忧虑重重的一代。

面临着混沌迷茫的世界，这既需要他们去破坏一个旧世界，也需要他们建设一个新世界。

青年知识分子返乡，虽然可能都是点状的、单一的、个体的，但是点点成线，线线成网。偏远地区的一抹亮色，发达城市的一点黑影；遥远小巷的一生吆喝，荒漠塞北的一副棺木……纵横捭阖，包罗万象，哪里是中心？哪里是未来？哪里是厚土？哪里是荒漠？

五湖四海、天南地北的青年会告诉我们——我们想象的故乡不是他们的故乡，我们规划的未来不是他们想要的未来。

青年兴则国兴，青年强则国强。

他们必将善待各地区的各种文化，他们的思考必将对乡村振兴产生巨大的推动力。

感谢《返乡画像》，感谢所有策划者。

丘眉：您会推荐相关文本给所有参加《返乡画像》的作者吗？为什么？

刘广远：因人而异，因势利导。认为需要的，我自然要推荐。

每个人都有自己的阅读经验和阅读体会，但是面对本科生、研究生的阅读，推荐的书目就有所不同。

前期，参加《返乡画像》的写作者，文科的学生居多，以后，要拓展开去，根据所学的专业，分门别类地推荐书目，还是有必要的。

按：

2月6日，著名作家李辉、著名编辑作家叶开以及资深媒体人丘眉正式发起"返乡画像"，呼吁创新"书写"故乡。

张新颖、梁鸿、白岩松、梁永安、孙良好、薛晋文、张欣、汪成法、赵普光、谭旭东、赵建国、严英秀、刘海明、陈晓兰、曾英、唐云、徐兆寿、胡智锋、辜也平、杨位俭、刘广远、吕玉铭、庞秀慧、晋超、张德明、金进、黎筠、武少辉、陈离、叶淑媛等与李辉共同成为《返乡画像》首批"返乡导师"！带领首批近30所高校学生，共同推动"乡"里青年知识分子的报告！

从导师李辉开始，《头号地标》将陆续推送丘眉与各位导师的对话，以对《返乡画像》的作者作出广泛的书写指导。

通往故乡之路（代后记）

　　著作收尾的时候，我已经在沈城了。

　　望着鳞次栉比的高楼，望着闪动的万家灯火，我的思绪却是随风飘荡。

　　打开故乡的视频，故乡的春风暖暖地吹起来，门前的白杨已经泛出了绿芽，路边的溪水已经哗哗地流淌……

　　曹操在《汉·对酒歌》中吟唱：耄耋皆得以寿终，恩泽广及草木昆虫。耄耋之年的父母已经进城了，过起"候鸟"的生活，冬天的时候，就飞到城里，溜溜达达，安度晚年；夏天的时候，就回到故乡，种菜养花，怡然自乐。

　　八十岁的父亲总是不服老，公园的臂力杠杆，他依然能和一般小伙子的臂力一较高下；孩子的空中爬索，年轻人都掌握不好，他也可以继续攀爬……60年代，父亲年轻时，读书到"高小"，那已经是非常高的"学历"，可是祖父"逆向""闯关东"，带了一家子老小去了内蒙古。父亲的奶奶需要照顾，父亲就放弃了学业，回来和母亲结了婚。

　　父亲常常说："砸锅卖铁，我也要供孩子们读书……"

　　在大兴安岭，伐过木头；在东部河套，挖过草药……

　　春去冬来，寒来暑往，岁月默默熬过了一茬又一茬庄稼……

　　远处的山峰依然巍峨，高高的白杨树随风摆动。三个儿子都已经为人父母，大儿子成为一名警察，二儿子成为一名军人，三儿子成为一名大学教师，这就是父亲、母亲全部的骄傲和自豪吧。父母健在，人生未老，夫复何求？

　　日头落了，日头升了……

　　月亮没了，月亮明了……

　　如今，"为稻粱谋"，山南水北，我过着"双城记"的日子，妻子和孩子还在默默地守着后方，七十古稀的岳父岳母忙前忙后，不言劳苦地帮忙带外孙女、外孙子。带着家人的期盼和鼓励，我告别了耕耘二十载的"故土"，迈向了"豪迈"的新的"谋生"之地。

　　十年来，拉拉杂杂写了一些文字、部分文章，梳理一下，也算是小小的收获吧。文学、艺术走向何方？哪些作品留下了痕迹和影子？这里，有一个弥散的思考和简单的整理。"镜与灯"，这是艾布拉姆斯（Meyer Howard Abrams，1912—2015）的书，套用一下网络——他在书中把文学艺术理论分为：摹仿理论（mimetic theories），关注于作品和宇宙之间的关系；实用理论（pragmatic theories），关注于作品和受众之间的关系；表现理论（expressive theories），关注于作品和作者之间的关系；客观理论（objective theories），关注于文本细读等。这对于当下，还是有意义的。我借鉴一下书名，想必他不会找我索要"版权"使用费。

　　感谢我的恩师张福贵先生，一直帮助我成长。感谢渤海大学，滋养我、培育我，感谢多年来一直帮助我的师长、同事、同学、朋友！感谢东北大学——一所充满历史文化厚重感的大学，一所抗战时期颠沛流离于祖国各地的大学，一所为国为家奉献了60余名烈士的大学，一所百年沧桑、百年辉煌的大学。她敞开怀抱接纳我，还在催促我、督促我前行！感谢我的硕士研究生崔开远、张淑坤、韩旭、刘笑笑、郭福霖、冯佳、刘吉栋、许希凤，以及博士研究生崔佳琪的校对和编辑工作！

最后，要感谢我的妻子，辛勤地带着小女儿和小儿子！女儿已经成长为"大学生"，准备上学了——每次我一回家，就会飞也似的跑来，喊着"爸爸"，跳到我的身上转圈圈；儿子是一个"迈开大步"的小男子汉，每天和姐姐打架，虽然被摁在床边，还挥舞着小拳头，喊着："我不服！"

虽然，女儿不知道爸爸具体做什么，但是她常常说："爸爸是老师！"儿子牙牙学步、懵懵懂懂，但是经常推着我说："爸爸，你去上课！"

孩子们，虽然还小，但终将会独立于人间。

刘广远

癸卯年三月于东北大学综合楼808室